나는
하늘
땅
여행자
秋空 이진재

은하퀸과 별나라 여행
친구들과 지구별 여행

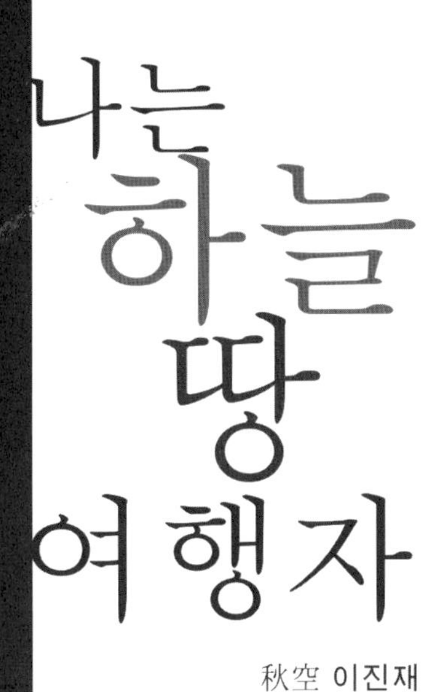

나는 하늘 땅 여행자

秋空 이진재

생각나눔

프롤로그

요즘 들어 임산부 혼자 몰래 아기를 낳아 버리는 경우가 허다하다는 뉴스를 보았다.

그것도 병원 안에서 낳고 출생신고를 하지 않은 채 퇴원해서 그냥 죽여 쓰레기통이나 텃밭에 버린다는 것이었다.

심지어 살해한 아기를 냉장고에 넣어두고 몇 해를 지나기도 했다고 한다.

얼마 전 수원 냉장고 영아 시신 사건은 30대 친모가 2018년과 2019년 아기를 낳자마자 죽여 시신을 냉장고에 보관하고 몇 해를 지냈다고 했다.

보통 부모라면 이해가 되지 않는다.

세상에 나와 꽃도 피우지 못한 채 엄마한테 죽임을 당해 냉장고 안에서 싸늘하게 식어 사라지게 한다는 것을!

그나마 보건복지부 감사에서 출생신고 되지 않은 이른바 '그림자 아기' 사례를 발견하면서 세상에 드러나게 되었다. 그래서 앞으로는 부모가 출생신고를 안 하면 병원과 지자체가 나서서 출생신고를 하도록 했다고 한다.

그러나 병원에서 출산하는 경우는 밝혀지겠지만, 병원 밖 출산이 늘어나는 경우엔 속수무책이리라.

그리하여 출생 통보제와 보호 출산제를 병행해야 한다는 여론이 설득력을 얻고 있어 머지않아 시행되리라 본다.

그러면서 그동안 나를 비롯해 여인들이 무심하게 저지른 낙태 수술의 죄악을 다시 돌아보게 되었다.

지금은 별나라에 가있을 내 아기가 궁금하다.

얼마 전 베트남 사는 조카가 병 치료차 귀국했다가 다시 돌아가는 길이라며 전화를 했다. 물론 한국 사는 동생 전화로 통화한 것이었다.

20여 년 전 언니 장례식 때 본 이후 처음이었다.

한국 사는 조카들도 각자 살기 바쁘니 무소식이 희소식이라 살고 지내는데 그것도 외국 사는 조카가 갑자기 전화해서 목소리를 들으니 감회가 깊어지고, 내 마음에 울림으로 다가왔다.

처녀 시절 몇 해 동안 언니 집에 같이 살면서 가족으로 지냈는데, 언니가 떠난 후론 너무 격조하게 지낸 것 같아 미안한 생각이 든다.

특히 언니의 딸은 나와 5살밖에 차이가 안 나 친구처럼 지냈는데 일찍 시집을 가 사회생활을 하지 못한 게 못내 아쉬웠다.

창덕여고를 나와 이화여대 불문과를 졸업해서 커리어우먼의 자질이 충분했는데도 여자는 시집을 잘 가야 한다는 부모의 말에 순종했던 것이었다.

그리하여 학교 졸업하고 서둘러 결혼을 하고 곧바로 임신을 했는데, 입덧을 할 때 새콤한 것이 먹고 싶다고 익지도 않은 새파란 복숭아를 먹고 급체가 되어 언니가 병원 데리고 가는 도중에 숨졌다고 한다.

당시엔 119 구급차도 없어 병원 가는 중에 사망하는 경우가 허다했다.

그래서 조카 배 속에 있던 아기는 엄마가 죽는 바람에 같이 하늘로 갔다.

아들인지 딸인지 알 수 없었지만 엄마의 입덧치레 잘못으로 엄마와 같이 별이 되어 하늘로 갔다.

지구별처럼 별나라 여행도 갈 수 있다면 좋겠다.

그래서 별자리를 통해 '별나라 여행'을 상상으로 떠나보기로 한다.

먼저 이 책을 쓰도록 영감을 주신 하나님께 감사하고 또 늘 내 책 표지를 맡아 수고해 준 작은아들과 글 쓰도록 격려해 준 큰아들 그리고 생각나눔 출판사 편집실에 감사의 뜻을 전한다.

2023년 10월

수락산 자락에서 秋空

목차

part Ⅱ. 지구별 여행

part I.

은하 퀸과 별나라 여행

그림자 아기들의 눈물, 은하수

1. 황혼의 해변

서해 앞바다 백사장에 홀로 앉아 오렌지빛으로 물들이며 수평선 너머로 사라져 가는 해를 배웅하고 있다. 늦여름 밤바다라 피서객들이 철수해서 아주 조용하고 시원하다. 지는 태양은 내일 이맘때를 기약하면서 아쉬운 작별을 한다.

사람들은 보통 희망찬 해돋이를 보러 동해안을 찾아 떠나지만, 나는 떠오르는 태양보다 넘어가는 해가 더 낭만적으로 느껴져 서해안을 즐겨 찾는다.

오늘은 아주 오랜만에 특별한 곳을 찾았다.

오래전 조카딸과 교회 수련회를 왔던 해변을 찾아 추억을 더듬고 있다. 며칠 전 조카(언니의 큰아들) 전화를 받은 후 그의 누나인 공녀가 불현듯 보고 싶어서일까.

겨우 다섯 살 터울이라 우리는 이모, 조카라기보다 친구처럼 지내었다.

아래로 남동생 셋을 둔 고명딸인데 일찍 시집을 가고 또 세상을 일찍 떠나 슬픔을 길게 간직할 수도 없었다. 나 역시 조카가 떠날 즈음 결혼을 하고 불행하게 살다가 몇 해 만에 혼자가 되어 두 아들 키우면서 정신없이 사노라 겨를이 없이 지냈다.

이제 반세기 전에 헤어진 조카딸을 그리며 생각해 본다. 당시에 이화여대 불문과를 나온 재원인데 왜 졸업하자마자 결혼을 서둘러 해서 일찍 죽게 했을까, 언니가 원망스럽기까지 하였다. 그 당시 전통 습관인, 여자는 대학 나와 결혼을 잘해야 행복하다는 생각이 지배적이었기 때문이었다.

참 아까운 인재를 그냥 썩힌 것이다, 결혼을 빨리하지 않고 사회생활을 했더라면 죽지 않았을 것이란 생각을 지울 수가 없다.

꽃다운 나이에 배 속에 아기를 밴 채 하늘로 갔다. 엄마가 죽는 바람에 아기도 따라갔다.

그런데 조카가 죽어서 별이 되었을 거란 생각이 들었다. 여름밤이면 같이 마당에 놓인 평상에 누워 「별」 노래를 불렀었다.

"별 하나 나 하나 별 둘 너 둘
별 셋은 내 동생 나이
별 다섯 나 다섯 별 여섯 너 여섯
내 나이 여섯 살"
동요를 부르며 놀았지.
그때는 사람이 죽으면 별이 되어간다는 말을 믿은 거 같았다.

2. 공녀와의 추억

– 수련회

공녀가 대학 입학을 하던 해에 교회 청년회 여름 수련회가 있었다. 청년부 담당 목사님과 전도사님이 함께 대천 해수욕장 근처 무창포 해변으로 갔다. 그곳이 사람들이 적었다.

그때 여러 게임을 하며 즐거운 시간을 가졌는데, 특히 성경 퀴즈 시간에 공녀가 1등을 해서 나뭇가지로 만든 월계관을 쓰고 할렐루야로 만세를 부르며 두 손을 번쩍 들어 기뻐하던 모습이 아직도 눈에 선하다.

– 낚시

가끔은 일요일에도 갔지만, 주로 공휴일이면 형부가 회사 낚시 동호회를 동원하여 낚시하러 다녔다. 그런 날이면 어김없이 새벽에 일어나 졸린 눈을 비비는 공녀를 깨워 형부와 동행하였다. 보통 회사 앞에 버스를 대기시키면 20~30명이 타고 하품을 하며 출발하였다.

가까이는 건국대학 저수지로, 멀리는 수원 신갈 저수지로 갔다.

버스 안에서 완전히 잠이 깬 공녀랑 나는 준비해 간 김밥으로 아침을 간단히 먹고 형부가 드리워준 낚싯대 찌가 움직이는가 열심히 지켜보며 오전 시간을 보냈다.

어쩌다 공녀나 내가 붕어를 낚으면 눈이 먼 고기였나 보다고 주변 사람들이 놀리곤 하였다.

언니가 준비해 준 도시락 먹는 즐거움도 컸다.

– 새벽 송

우리가 다니던 교회는 충무로에 있었는데, 해마다 성탄절에는 성탄전야 예배를 드리고 새벽 송을 돌았다. 지금은 옛이야기가 되었지만, 당시엔 크리스마스의 꽃이라 할 만큼 즐거운 프로그램이었다. 성탄전야 예배를 드리고 서너 시간을 난롯가에 앉아 새벽 송 연습도 하고 도란도란 얘기하며 친교를 하였다.

그러다가 새벽 4시경이 되면 각자 사는 동네별로 그룹을 만들어 새벽 송을 돌도록 하는 거였다. 공녀와 나는 삼청동이라 종로를 거쳐 가게 되어 종로팀에 합세하게 되어 9명이 교인 집 대문 앞에서 크리스마스 찬송을 부르게 되었다.

그때 집집마다 집사님과 권사님이 대문 앞에 나와서 사탕과 과자, 빵 봉지를 안겨주어 그것을 나누어 먹으며 새벽 거리를 돌아다닌 생각이 난다. 요즘 시대엔 구경 못 할 진풍경일 것이다. 여기까지 공녀와의 추억을 기억해 내자 눈시울이 뜨거워졌다. 진정 그리운 옛날이여!

이제 한 세기가 바뀐 21세기에 살고 있는 내가 참 오래도 살았구나 하는 생각이 들었다.

드디어
칠흑의 밤바다
쏴아 밀려왔다 부서지는 파도
외로움도 부서진다
슬픔도 부서진다
내 영혼이 일어선다
저 별은 나의 별 저 별은 너의 별
별빛이 하나둘 보이기 시작한다

깊은 밤 그야말로 금강석을 깔아놓은 듯 반짝이는 하늘이 되었다. 하늘을 우러러 조카딸 이름을 부르며 외쳤다.

그때 순간 별똥별이 흘러 지나갔다.

"아, 소원을 빌어야지! 공녀야, 보고 싶다."

그러자 별똥별 하나가 내 옆으로 떨어졌다.

유성(별똥별)

3. 은하 퀸의 전설

순간 나는 쿵 쓰러졌다. 정신 차리고 눈을 뜨니 별이 가득한 하늘이 보였다. 그때 눈이 부시게 하얀 드레스를 입은 여인이 다가와 "이모, 나야!" 하며 나를 일으키고 있었다.

너무 놀라서 내 눈을 의심하며 입만 벌리고 있었다. 꿈인가 생시인가 얼이 빠져있는데 반세기 전에 하늘로 간 공녀가 내 옆에 나란히 앉아 웃고 있었다.

오랜만의 만남인데 공녀는 20대 그대로, 젊은 새댁 그대로였다. 며칠 전에 만났다가 헤어지고 다시 만난 것 같았다.

"네가 정말 공녀냐?"

"맞아, 이모 많이 늙었네. 하하."

"그래, 나 할머니야. 너 진정 별이 된 거니?"

"응. 난 은하수 다스리는 일을 해. 이모는 서해 바다에서 옛날 수련회를 추억하고 있었네."

"그래, 며칠 전 외국 사는 큰조카와 통화를 오랜만에 하게 되니

네 생각이 불현듯 나는 거야. 그래서 네가 보고 싶어 이곳에 왔지. 정말 반갑다."

"그랬구나, 내 동생들 다 잘 지내고 있어 다행이야. 난 아기별들을 돌보고 있어."

"요즘 지상에도 '그림자 아기' 사건으로 떠들썩하단다. 네 아기처럼 배 속에서 죽은 아기들도 있지만 또 낙태로도 많이 죽고, 세상에 나왔는데 그 엄마가 키우기 힘들다고 굶겨 죽이고 때려서 죽이고 하며 어린 생명을 그냥 내버리는 거야. 엄마라는 인간이 어떻게 그런 일을 저지를 수 있을까 몰라."

"그래서 내 아기처럼 배 속에서 죽었거나 낙태로 죽은 아기를 '유령 아기'라고 하는데, 이미 세상에 나왔다가 아기 때 죽은 아기를 '그림자 아기'라고 세상에서 그렇게 말하나 봐."

"그렇단다. 우리나라 인구가 자꾸 줄어드는데 젊은이들은 결혼을 기피하고, 결혼을 해도 애를 낳지 않으려고 해. 또 청소년이 실수해서 아기를 낳게 되면 그냥 아무 데나 버리는 거야.

그래서 나라에서 제도적으로 구제하려고 하지만 그게 잘 안돼. 종교 단체에서 '베이비 박스'를 만들어 도움을 주고, 입양기관에서 종용하고 안내를 하는 데도 한계가 있나 봐.

그래, 넌 은하수 속 별이 된 거야?"

"어, 나는 에티오피아 왕비 별 카시오페이아 양녀가 되어 은하수 학교 사감 노릇을 하는데 은하별들이 '은하 맘' 또는 '은하 퀸'이라 불러."

"우와, 우리 공녀가 공주 별, 아니 여왕 별이 됐구나! 우리 인간이 죽으면 모두 별이 되는 거냐?"

"우리 모두 자기의 별이 있지. 하늘에 있는 자기의 거처가 별인 거야. 우리가 어려서 노래 불렀잖아. 저 별은 나의 별 저 별은 너의 별 하고 말야."

"그런데 넌 어떻게 에티오피아 왕비 카시오페이아 양녀가 된 거야?"

"내가 배 속의 내 아기를 안고 은하수로 흘러들어 갔는데, 마침 고명딸 안드로메다 공주를 잃고 슬픔에 잠긴 카시오페이아 왕비의 눈에 들어서 선발된 거였어. 나중에 알았는데 허영심 많은 카시오페이아 왕비가 자신의 미모와 공주 안드로메다 자랑을 너무 하는 바람에 요정들한테 미움을 사게 되었대. 그래서 요정들이 바다의 신 포세이돈에게 일러바쳐 괴물 고래를 보내 에티오피아 해안을 황폐하게 만들어 달라고 부탁하자 에티오피아 왕인 케페우스는 스스로 안드로메다 공주를 해안 바다에 쇠사슬로 묶어 제물로 바쳤대. 케페우스 왕은 왕비의 허영심으로 공주를 바다에 제물로 바쳐야 하는 불운을 겪게 된 것이지.

그때 그곳을 지나던 당대의 영웅 페르세우스가 괴물 고래를 죽이고 안드로메다 공주를 구출하여 결혼을 하고 날개 달린 말 페가수스를 타고 멀리 떠나버렸대. 자신의 잘못으로 하나뿐인 딸, 안드로메다 공주를 빼앗긴 카시오페이아 왕비는 그 슬픔을 잊기 위해 자기 영내로 들어온 나를 양녀로 삼은 것이지."

"그랬구나. 왕비가 불쌍하네."

"후에 카시오페이아는 포세이돈에 의해 하늘의 별자리(북두칠성 반대편)가 되는데, 허영심에 대한 벌로 하루의 반을 의자에 앉은 채 거꾸로 매달려 지내게 되었다고 해."

동녘 하늘이 환해지자 공녀는 일어서며

"이모, 나 이제 가 봐야 돼. 나중에 별나라 여행 와. 내가 삼족오새를 보내줄게. 그럼, 안녕!"

그리고 요술 냄비 연기처럼 눈 깜짝할 새에 사라졌다.

밤하늘 별빛이 흐릿해지며 날이 새고 있었다.

하룻밤의 꿈이었다. 그러나 나는 여전히 모래사장에 앉아있었다. 새벽이 되니 추위가 느껴져 걸치고 있던 겉옷을 여미면서 하늘로 사라진 조카별을 초점 없이 바라보고 있었다.

새벽의 파도는 세차게 몰려와 나의 발 앞에서 철썩거렸다.

4. 유령 아기, 그림자 아기

공녀 별이 다녀간 후로는 저녁마다 해 지는 서쪽 하늘을 바라보며 별똥별이 흐르는 순간을 기다리고 있었다. 그리고 깊은 밤, 은하수를 찾아보며 은하 퀸 별을 그려보았다.

하나의 은하에는 평균 1천억 개의 별이 모여 있고 우주에는 그런 은하가 또 1천억 개나 되는데, 중심부엔 대부분 밝고 커다란 핵이 있어 주변이 환하다고 했다.

어린 시절 부르던 동요가 생각났다.

「반달」

푸른 하늘 은하수 하얀 쪽배엔
계수나무 한 나무 토끼 한 마리
돛대도 아니 달고 삿대도 없이
가기도 잘도 간다 서쪽 나라로

은하수를 건너서 구름 나라로
구름 나라 지나서 어디로 가나
멀리서 반짝반짝 비치이는 건
샛별이 등대란다 길을 찾아라

밤이 깊어 바다가 어둠에 묻히자 갑자기 내 옆 모래밭에 커다란 새가 내려앉아 등을 내밀었다.

비몽사몽 간에 새의 등에 올라타고 만화 속 피터팬처럼 하늘로 치솟아 올랐다. 마치 로켓이 발사되는 것처럼 눈 깜짝할 사이 별나라로 이동을 한 것이었다.

발이 세 개 달린 까마귀라고 해서 '삼족오(三足烏)'라고 하는 새인데, 태양 안에 살면서 천상의 신들과 인간 세계를 연결해 주는 신성한 새로 알려져 보통 길조(吉鳥)로 알려져 있다.

바로 도착한 곳은 은하수 강가였다.

반짝반짝 빛나는 금강석 위에 내가 서 있었다. 눈이 휘둥그레져서 사방을 둘러보니 마치 네온사인 속에 들어와 있는 느낌이었다.

예전에 미 서부 여행 때 라스베이거스의 휘황찬란한 밤거리 네온사인을 보고 놀랐던 기억이 떠올랐다.

하늘 음악이 하프 소리와 비파소리가 조화를 이루어 하늘 전체를 뒤덮어 흐르고 있었다.

그때 은하 퀸 공녀가 저만치서 걸어오고 있었다.

"이모, 잘 왔어! 여기가 내 별이야."

"은하수 강이 바다처럼 넓구나."

"지상에서 죽임당한 영아들이 올라오는 곳이야. '유령 아기'와 '그림자 아기'가 모이는 곳이지."

"대단하구나. 이렇게나 많은 아기가 죽어 오다니. 무섭다 무서워."

"처음엔 눈물방울로 밀려 올라와서 은하계 문을 통과하면 생글생글 웃는 얼굴로 바뀌어 친구들과 어울려 잘 지내지."

지상에서 억울하게 죽어 하늘로 오는 유령 아기나 그림자 아기들은 은하계로 들어와 공녀가 돌보는 은하 학교 영아원에 들어오게 되고, 하늘 언어와 이곳의 생활을 배우게 된다.

그리고 유치원으로 진급하게 되면 별자리 공부를 한다. 동서남북에 흩어져 있는 별자리와 셀 수 없이 많은 별의 이름과 위치를 배우며 즐거운 놀이를 한다. 떼 지어 눈물방울로 은하계로 몰려오던 유령 아기들 모습이 '은하 퀸' 주변에서 반짝반짝 빛나는 아기별이 되어 기쁘게 활동한다.

"이모, 해뜨기 전에 어서 집에 가야 해. 내 별에 등불 꺼지기 전에 들어가야 새벽 예배를 드릴 수 있어."

안드로메다 은하

"여기서도 새벽 예배 시간이 있구나."

"그럼! 찬송과 기도로 창조주 여호와를 찬양하는데, 별나라 사람 모두 각자의 별에서 새벽에 등불이 꺼지면 일어나 경배와 찬양을 드리며 하루를 시작하는 거야. 하늘 언어로 찬송을 하게 되는데 그때 은은한 하프 소리가 별나라 전체에 흘러 거기에 맞추어 노래들을 부르고 조용히 춤을 추는 사람도 있어.

한동안 흐르던 음악이 잠시 멈추면 각자의 기도 시간이야. 자기 기도 시간을 한 시간 정도 갖는데 거의 지상에 남기고 온 가족들을 위해 기도하지. 나도 동생들을 위해 기도해."

서둘러 걸어서 등불이 켜있는 집 앞에 다다랐다.

"이모, 들어와. 이제 곧 등불이 꺼질 거야. 저녁 어스름할 때 등불 켜는 것은 각자 자기 별 집에 가서 별 주인이 켜는데, 새벽엔 해가 뜨면 저절로 꺼지면서 하늘 음악이 흐르고 그 멜로디에 맞춰 모두 일어나 자기 처소에서 일제히 찬양을 하는 거야."

그러자 등불이 꺼지면서 잔잔한 음악 소리가 들리고 노랫소리가 들리는데 내가 들을 수 없는 언어였다. 조카도 따라 부르고 있는데 나는 속으로 교회에서 방언하는 사람 생각이 나서 멜로디를 따라 흥얼거렸다.

은은하고 아름다운 선율이 마음에 평화를 안겨주었다. 잠시 후 음악이 끝나자 기도 시간이 되어 나도 공녀를 따라 기도를 하였다. 기도 시간이 끝나자 공녀는 주스와 물컵을 들고 와 마시고 나가자고 했다. 아침은 거르고 점심은 은하학교에 가서 먹는다고 했다.

"여기는 점심 한 끼만 잘해 먹고 아침저녁엔 주스나 포도주 정도로 때워. 이모가 배고플 수도 있겠네. ㅎㅎ"

"괜찮아 금식도 하는데 하루이틀 밥 한 끼씩 먹는다고 큰일 나는 거 아니지. 옛말에 '로마에 가면 로마법을 따르라'는 말이 있어."

공녀와 함께 은하수 강둑을 걸어서 학교로 향했다. 시원한 바람이 불어와 아주 상쾌하였다.

이때 공녀가 "여기는 사계절이 아니고 봄가을 날씨만 있어서 살기 좋아."

"정말? 내가 늘 봄가을 날씨만 있으면 좋겠다고 했는데 별나라가 그렇구나. 얼마나 좋아."

"그러나 가끔 눈이 보고 싶을 때가 있어."

"그래, 설경은 낭만적이지. 크리스마스도 있고 하하."

얘길 나누며 걷다 보니 어느새 학교 정문이었다. 은하학교엘 들어서니 와글와글 영아들이 가득 모여 있었다. 각자 자기 반으로 들어가려고 줄을 서서 모여 있는 것이었다. 나는 놀라움 반 기대 반으로 주변을 둘러보았다.

그때 내 곁으로 은하수 물방울이 하나 굴러와 눈망울을 반짝이며 내게 무언의 말을 걸어왔다.

"나, 엄마 아들이야. 엄마는 모르겠지. 임신 5개월 만에 의사가 위험하다고 했는데도 낙태 수술로 나를 긁어냈잖아. 살아있는 생명을 죽였어. 아직 육신이 만들어지기 전이라 얼굴은 모르겠지만 나는 그때 분명 살아있었다고."

나는 놀라고 소름이 끼치도록 무서워서 쥐구멍이라도 있으면 머리를 처박고 들어가고 싶었다.

그리고 옛일을 생각해 내었다. 내가 20살 때 첫 남자와 연애했을 때 사랑을 해서 임신을 하였다. 그런데 나는 대학생이고, 남자 친구는 군대에 가고, 집에는 알리기 겁이 나서 아기를 지웠던 것이다.

"그래 아가야, 그때는 미안했다. 내가 잘못해서 네 생명을 빼앗았구나. 요즘이라면 부끄러움을 무릅쓰고라도 낳았을 텐데, 당시엔 처녀가, 그것도 대학생이 아기를 낳으면 학교를 중퇴해야 했고 한마디로 인생이 끝나는 거였어. 용기가 없어 집에 말도 못 하고 혼자 속앓이하다가 일을 저질렀지. 용서해다오. 늦었지만 용서를 빌게." 그러자 나의 유령 아기가 눈짓으로 대꾸를 했다.

"이제 다 지난 일이니 그럴게요. 여기 은하수별에는 나처럼 억울하게 온 아기들이 많아 유령 아기로 살아요. 나도 친구들과 어울려 재미있게 지내니 걱정하지 마세요." 하고 물러서 사라져 갔다. 나는 잔뜩 놀란 가슴을 쓸어내렸다.

이때 공녀가 다가와서

"이모, 무슨 일이야?"

"저 유령 아기가 내가 20살 때 지워버린 내 아들이라고 찾아왔구나. 나 깜짝 놀라고 무서웠어. 대학 입학하고 첫 미팅에서 만난 친구였는데 서로 좋아서 연애를 하고 사랑을 했는데 임신이 되었고, 남자는 군대에 가게 되어 나 혼자 고민하다가 낙태 수술을 했던 거야. 반세기가 더 지났는데 어찌 나를 알고 찾아왔을까? 소름 끼치게 무서워서 온몸이 굳어져 벌벌 떨었다고. 우와, 살아서 지은 죄를 죽어서도 갚아야 된다면 살아서 정말 잘하고 살아야겠어. 아주 혼나서 아기한테 용서를 빌었지."

"이모는 모르겠지만 배 속에서 죽은 아기도 영혼이 있어. 그래서 그런 아기들을 '유령 아기'라고 부르는 거야."

"요즘 우리나라를 비롯해 세계 각국에서 태어난 아기를 키울 수 없다고 죽여 쓰레기통에 내다 버리는 경우가 허다한데. 세상에 나오긴 했지만 출생 신고도 하지 않고 사라지는 거야. 그런 아기들을 '그림자 아기'라고 불러. 그래도 양심 있는 엄마들은 영아원 같은 곳에 맡기든가 종교기관에서 운영하는 '베이비 박스' 같은데 의탁해서 양부모를 찾아 보내기도 하지."

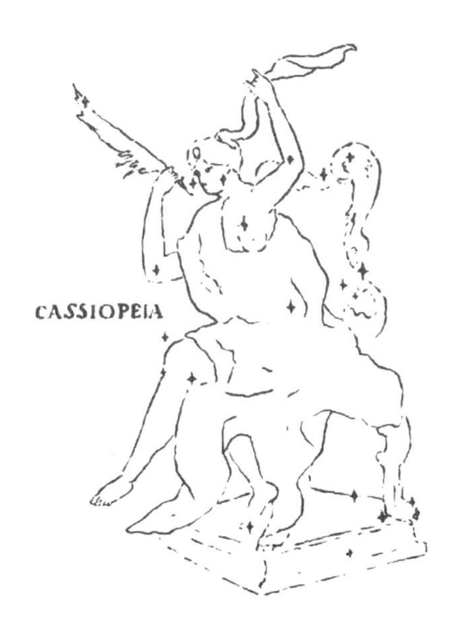

카시오페아 왕비

그러고 보니 나는 살인자였다. 배 속에서 아기를 죽였으니. 또 애들 아빠와 이혼 후 태기가 있어 그때는 일찌감치 수술을 했다. 또 유령 아기가 나타나 나를 엄마라고 부르며 다가올까 겁이 났다.

"그래 이모, 생명이 배 속에 잉태되면서 영혼도 같이 태어난 거야. 그러니까 임신하자마자 배 속의 아기를 소중하게 다루어야지."

영아원과 유치원을 돌아보고 난 공녀가 이제 나가자고 했다.

"그런데 네 엄마별과 아빠별은 어디 있냐?"

"엄마별은 백조자리에 있고, 아빠별은 오리온자리에 있어."

5. 백조자리 언니별

"이모, 오늘은 엄마별 만나고 내일은 아빠별 보러 가자."

공녀랑 걸으며 언니를 생각했다.

나의 둘째 언니이자 공녀의 어머니는 억척스러운 편이었다. 6.25 한국전쟁 이후 어려운 환경에서 최선을 다해 열심히 살았다. 손위 오빠가 광산 개발에 손을 댔다가 실패하여 직장에서도 쫓겨나서 힘들 때 음으로 양으로 도와주노라 어렵게 살았다. 기자 생활하는 형부 수입으로는 시어머니에 친정 동생들까지 챙기노라 정말 생활이 어려워서 변변한 옷가지 한 벌 사 입지 못하고 지냈다. 그리하여 주택 문간방을 미용실로 꾸며 세를 주어 그 월세를 받아 보태며 겨우 생활하였다.

그렇게 헌신적으로 희생하며 돌보았는데 막냇동생인 내가 철부지 노릇을 해서 마음고생을 시켰다. 형부를 존경하는 감정이 너무 지나쳐 사고를 쳤던 것이었다.

"여기가 어디냐? 기차역 같은데."

"안드로메다 역이야. 은하 철도를 타고 가야 돼." 조금 기다리자 장난감 같은 열차가 다가왔다. 공녀가 손을 잡아주어 같이 차에 올랐다.

마치 지상의 경전철 같았다.

지상에서 삼족오를 타고 하늘로 올라올 때는 로켓 발사하듯 순식간에 왔는데, 은하 열차는 지상의 버스처럼 천천히 움직였다.

순간 아이들 어려서 주일 아침 교회 갈 시간이 되면 꼭 만화영화 『은하 철도 999』를 텔레비전에서 방영해서 아이들과 실랑이하던 생각이 났다.

그리고 창밖의 별들이 신기해서 내다보고 있는데 공녀가 설명해 주었다.

"여기가 에티오피아 왕 '케페우스 별자리'인데 나의 양어머니 카시오페이아의 남편이자 딸인 안드로메다 공주 덕분에 밤하늘의 행복한 아버지 별자리를 차지하게 되었다고 해."

케페우스와 카시오페이아 별자리 뒤에는 딸 안드로메다 공주와 사위인 페르세우스 별자리가 나란히 자리 잡고 있다.

우주에는 하늘이라 불리는 창공에 1천억 개 이상의 별을 가진 은하가 1천억 개 이상이 있다고 한다. 그렇게나 많은 별 중의 하나인 태양, 그 태양계 안에서 우리는 살고 있다.

무한대의 우주 공간의 역사 속에서, 그중에도 태양계 속 지구라는 별 작은 행성에서 겨우 1백 년 정도 살다가 결국 별이 되어 사라지는 인생들인 것이다.

"이모, 이제 내려야 돼. 여기가 데네브 역 엄마별이 사는 백조자리야."

맑게 갠 여름밤 은하수를 따라 견우와 직녀 사이를 날아가는 백조의 모습을 상상해 보라. 감탄의 소리가 절로 나올 정도로 멋지고 우아하다. 목이 긴 백조가 우아하게 은하수 위를 한가로이 날아가는 모습이다.

– 백조 별자리의 전설

그리스 신들의 최고의 신 제우스신은 아름다운 여인을 유혹할 때면 항상 동물의 모습으로 변신하는데, 그중 하나가 백조의 모습이다.

제우스가 스파르타의 왕비 레다의 아름다움에 빠져 그녀를 유혹할 때 질투가 심한 아내 헤라에게 들킬 것을 염려하여 백조의 모습으로 날아왔다고 했다.

레다는 백조로 변한 제우스와 사랑을 하고 또 그날 밤 남편 틴다레오스 왕과도 잠을 자서 쌍둥이 자식인 계집애 클리타임네스트라와 사내애 폴리데우케스를 낳는다. 그런데 제우스와의 사이에는 백조의 알을 낳아 이란성 쌍둥이로 트로이전쟁의 원인이 된 계집애 헬레네와 사내아이 카스토르가 태어난다.

이 자식들이 성장하여 카스토르와 폴리데우케스는 로마를 지키는 위대한 영웅이 되었다가 후에 쌍둥이 별자리 주인공이 되었다. 제우스신은 그 많은 여성을 유혹했지만, 레다와의 사랑을 가장 기리기 위해 아름다운 추억을 영원히 간직하려고 백조 별자리를 만들었다고 한다.

백조자리 별

"이모, 이제 다 왔어. 여기가 엄마별이야. 데네브 역에서 가까운데도 텃밭을 가꿀 수 있는 농지가 있어 다행이야."

그런데 역에서 걸어오는 길 가로수가 모두 과일나무였다. 먹음직스러운 열매가 주렁주렁 달려 있었다. 순간 내가 동유럽 여행을 갔을 때 어느 나라인가 가로수가 오렌지 나무였던 기억이 떠올랐다.

저 멀리 텃밭에서 사람 움직이는 모습이 보였다. 꽃을 가꾸는 모습이 생시와 다름없어 보였다. 언니는 평소에도 꽃을 좋아했다. 장미꽃이나 카네이션 같은 고급 꽃보다 서민풍인 들국화를 유난히 좋아했던 생각이 난다. 세상 나이 80에 떠났는데 중년의 젊음으로 지내고 있었다.

"엄마가 젊어 보이네?"

"응. 여기선 대개 자기가 떠나온 나이로 살지만, 소수의 사람들은 늙어 보이고 싶지 않다며 자기가 나이를 정해서 살고 싶은 나이로 살아. 어차피 더 이상 늙어지지 않으니까."

"엄마, 어서 와 봐요. 이모가 왔어요."

언니가 꽃처럼 웃으며 다가오고 있었다.

"셀라! 이게 누구냐? 어찌 된 일이야?"

공녀를 바라보며 놀라고 있었다.

"이모가 보고 싶어 해서 같이 왔지."

"넌 아직 네 별에 올 때가 되지 않았을 텐데."

"언니, 세상에 있을 때 내가 너무 철없이 굴어 용서를 빌러 왔어. 늦었지만 용서해 줘."

"형부 떠난 후 네가 회개의 기도를 해서 그때 이미 용서를 했는데 뭘 아직도 그 일을 거론하고 있냐? 다 잊고 이제 부담 갖지 마라."

"늘 어머니처럼 돌봐주었는데 내가 못되게 굴었지. 그렇게 말해 주니 고마워."

"엄마, 요즘은 어떻게 지내?"

공녀가 끼어들었다.

"여전히 동네 친구 별들이 모여와 오전엔 일하고, 낮엔 같이 점심 만들어 먹고 또 수다도 떨고 놀며 자유시간을 만끽하고 지내지."

"밭일이 많은가?"

"과수 농사가 손이 많이 필요하지."

언니는 꽃밭만 돌보는 게 아니라 과수원도 경영하고 있었다. 그때 공녀가 거들었다.

"엄마는 백조자리별 중에 감마 별 1호인데 10여 개의 감마 별을 돌보고 있어. 동쪽 하늘이 밝아오면 모두 각자 별에서 찬양하고 명상 시간을 갖게 되는데 그때 지구별에 있는 가족들을 위해 기도를 하지.

그리고 아침에 모여서 밭일 과수원 일을 하는데, 주방 일을 맡은 사람은 주방으로 가서 점심 먹을 준비를 하게 되지. 각국 음식을 만들고 식사를 뷔페식으로 아주 넉넉하게 먹어. 여기 별사람들은 하루 한 끼를 잘 먹고 저녁은 간단하게 차와 간식으로 때우고 모두 흩어져 집으로 가서 자기 별에 등불을 켜야 돼."

"아줌마들은 지금 일하는 중이겠네."

"그럼, 과수원으로 주방으로 각자 일터로 갔지."

그러자 나는 별나라 음식은 어떤 것일까 궁금해서 공녀한테 물어보았다.

"여기선 무슨 음식을 먹니?"

"지구에서 먹는 음식 다 먹어. 지구에서 식당을 하던 아줌마가 주방장이라 서양 요리, 중식 요리, 한식 요리 다 하거든."

"우와! 기대되네. 맛이 어떨지 모르지만. 하하."

"요일마다 메뉴가 달라. 오늘은 유럽 요리일 거야. 보통 이탈리아 음식이라는데, 난 이름도 잘 모르지만 맛이 좋아."

공녀가 지구별에 살 적에는 반세기도 더 전이라 우리나라에서 세계 각국 요리를 먹을 수 있을 거란 생각을 할 수도 없었다.

공녀와 포도 덩굴 그늘을 거닐고 있는데 종이 울렸다. 식사 시간을 알려주는 것이란다.

"저기 과수원 일하는 팀이 밥 먹으러 오는구나."

"셀라, 은하 퀸 오랜만이네. 이분은 누구?"

"지구별에서 온 이모예요. 엄마 막냇동생."

"놀랍네. 별나라 여행을 다 오다니."

식당에 들어가니 카키색 앞치마를 두른 아줌마 둘이 웃고 서서 우리를 기다리고 있었다.

"셀라!" 모두가 외쳤다. 나도 합석하고 감사 인사를 했다. 식탁에는 풍성한 음식들이 준비되어 있었다. 모두 감사기도를 하고 각자의 그릇에 먹을 만큼 옮겨 담았다. 마침 내가 좋아하는 토마토 스파게티가 있어서 듬뿍 담아오고 샐러드와 포도 주스도 덜어 왔다.

나는 배고픈 터라 열심히 먹는데 옆자리 아줌마들은 음식을 천천히 먹으면서 말을 더 많이 하고 있었다. 시장 가서 누굴 만났다느니 농장 일 할 때 힘이 든 얘기, 서로 격려하며 사랑한다는 얘기 모두 웃으며 떠들고 있었다.

그야말로 유럽 사람들이 2시간 넘게 식사를 한다는 얘기를 실천하는 거 같았다. 나도 어느 정도 배가 찬 뒤에는 식탁에 차려있는 음식들을 찬찬히 훑어보았다. 함박스테이크 같은 육류와 생선구이와 조개탕 같은 게 보였다.

거기 애피타이저 버섯 크림수프가 있었는데 이젠 디저트로 먹게 되었다.

"감마 아줌마들, 우리 먼저 일어날게요." 하고 공녀가 말하자, 모두 "셀라!" 하는 것이었다.

그래서 우린 밖으로 나와 과수원을 걸었다.

"'셀라'는 성경 시편에서 자주 인용되는데 여기선 인사말로 사용하는구나."

"응, 우주 만물을 창조하신 여호와를 찬양하라는 뜻이거든. 그래서 별나라 인사말로 사용하고 있어.”

“이제 엄마를 비롯해 저 아줌마들은 오후 시간을 어떻게 보내니?”

“농장 일은 오전에만 하고 오후엔 각자 자기가 좋아하는 일을 해. 노래를 부른다든가 그림을 그린다는가 악기를 연주한다든가 자유롭게 지내다가 저녁이 어스름해지면 각자 자기 별로 가서 등불을 켜야 돼. 그리하여 반짝반짝 빛나는 별이 가득한 밤하늘을 만드는 거야. 그렇게 되면 별나라 전체에 자장가처럼 은은한 멜로디가 흘러 퍼져 각 별은 물론 은하수 어린이들도 모두 잠을 자게 되는 거지.”

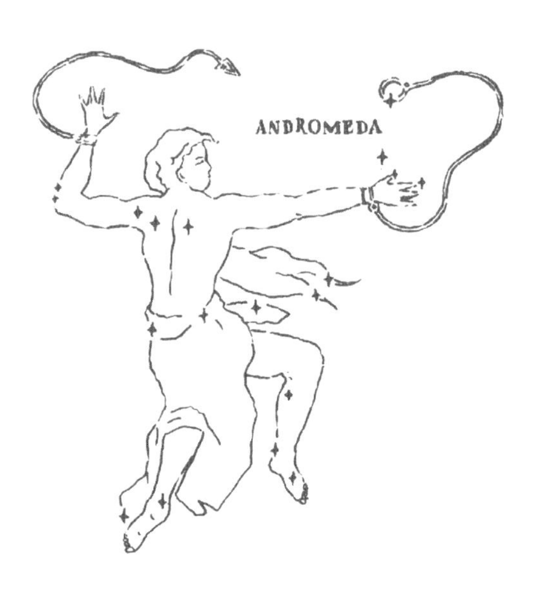

안드로메다 공주(은하 퀸)

"별이 빛나는 밤이 그렇게 만들어지는구나."

"이모, 이젠 내 별로 가서 자고, 내일은 시장 구경도 하고 아빠별 보러 가자."

"별나라에 시장이 있다구?"

"그럼! 지구에 있는 거 대부분 다 있어. 이제 데네브 역으로 가서 은하 열차를 타야 해. 아침에 탄 열차 또 타고 가는 거야."

"엄마한테 인사하고 가야지."

내가 말하자 식당에 대고

"엄마, 우리 가요!"

공녀가 소리치자 언니가 식당 밖으로 나와 손 흔들며

"내일은 오페라 '백조의 호수' 구경을 가자." 하였다. 그때 공녀가

"알았어요, 셀라." 하였다.

언니의 소천(召天)

황금빛 찬란한

광활한 대지 위에 내가 서 있고

저 멀리 언덕에서

합창 소리가 들려 왔다

‘빛나고 높은 보좌와 ~ 해같이 빛나네’

온 우주에 울려 퍼지고 있었다

그때 앞의 군중 속에서

클로즈업되어 뒤돌아보는 두 얼굴

분명 형부와 조카딸이었다

언니 딸 조카는

새댁 때 임신 중 급체로 갔고

형부는 마흔넷 젊은 나이에

대장암으로 갔는데

언니 일생의 아픔이었다

너무 반가워 곁에 선 언니에게
"저기 형부와 공녀가 있어."
외치며 서둘러 가다가 넘어졌다
놀라 눈을 뜨니 꿈이었다

그리고 며칠 후
팔순의 언니는
딸과 남편을 만나러
요단강을 건너갔다

6. 오리온자리 형부 별

이튿날 아침 서둘러 큰 시장으로 나갔다. 은하수 북쪽에 자리 잡은 어시장을 비롯해 안드로메다 역 근방에 있는 농산물 시장과 생필품 파는 점포들을 둘러보았는데, 많은 사람이 들락날락하고 있었다. 그런데 물건을 그냥 들고 나가는데 거기 있는 장사꾼들은 가만히 서 있었다. 내가 이상해서 공녀를 돌아보았다.

"여기 별나라에는 돈이 없어. 그냥 사람들이 와서 자신이 필요한 만큼 가져가는 거야."

"그럼 장사꾼이 서 있을 필요 없잖니?"

"손님이 와서 잘 챙겨가도록 도와주는 역할을 하는 거야."

"장사꾼들은 어떻게 물건을 받아 오냐?"

"농촌에서 농산물을 만들어 쌓아놓고, 어촌에서는 물고기 잡아 물속에 가둬놓고, 공장에서는 전기가 없으니까 손으로 만든 수공예품으로 생필품을 만들어 늘어놓으면 도매하는 장사꾼들이 와서 자기가 팔 수 있는 만큼 그냥 가져가는 거야.

모든 물건을 필요한 사람이 챙겨 가는데, 여기는 욕심 부리는 사람이 없어. 꼭 자기가 필요한 만큼만 물건을 가져가거든. 그리고 하루에 낮에 한 번만 밥을 먹으니까 식재료도 많이 필요치 않아. 자연산 물고기, 여기저기 늘어선 과일나무밭에서 나는 푸성귀, 거기에 산에서 사냥해서 온 육식 고기와 포도나무로 만든 주스가 있으니 식생활엔 지장이 없어.

인간이 살아가는 데 필요한 게 의식주인데 옷은 거의 세마포로 해결되며 더러워지지도 않고 해어지지도 않아, 음식은 하루 한 번 풍성하게 먹고 집은 모두 각자의 집이 주어져 집 걱정할 필요가 없어. 오다가다 서로 만나면 '셀라' 하고 사랑의 인사를 전하고 늘 웃으며 지내고 있지."

"여기 별나라가 유토피아구나. 멋지네. 의식주 걱정을 안 하고 서로 사랑만 전하고 살다니."

"여기 별나라에는 악인이 없어. 하와가 선악과 먹기 이전의 자연속에 살고 있는 인류들이라 생각하면 될 거야."

"그래, 최초의 에덴동산 말이로구나. 그럼 선만 있고 악이 없으니 경찰이 필요 없겠네."

"그렇지. 경찰서뿐만 아니라 병원도 없어."

"그럼 아이들이 운동하든가 어른들도 넘어지든가 하면 다칠 텐데 그럴 때는 어쩌냐?"

"아, 가끔 그런 일이 생기는데 하룻밤만 잘 자고 나면 성령의 면역력으로 치유되어 다시 멀쩡하게 되어 건강해져."

“우와, 우리 노인들 지상에선 병원 다니기 바쁜데 자동으로 치유가 되다니 부럽고 놀랍네.”

“이모, 이제 서둘러 가야 은하 철도 급행열차를 탈 수 있어. 아빠별은 멀어서 급행을 타야 해.”

과연 열차가 급행이라 그런지 빈자리가 많았다. 급행이라 밖이 안 보일 정도로 빨리 달렸다. 서울서 부산 ktx 타고 달리는 것보다 더 빨랐다.

– 오리온 별자리

겨울철 남쪽 하늘에 보이는 찌그러진 H자 모양은 사냥꾼 오리온의 몸통이다. 네 귀퉁이 중에서 붉은 베텔게우스와 파란 별 리겔이 유난히 밝은 별이다. 오리온은 바다의 신 포세이돈의 아들인데 강력하고 힘이 센 사냥꾼이었다.

그런데 하루는 숲속에서 사냥을 하다가 사냥과 달의 여신 아르테미스를 만나 사랑을 하고 결혼을 약속하지만, 신과 인간의 차이를 감당하기엔 너무 버거웠다. 결국 쌍둥이 오빠는 계략으로 활 잘 쏘는 궁녀인 아르테미스를 속여 오리온에게 금빛을 씌워서 그 물체를 화살로 쏘게 만들어 죽게 했다.

그리하여 슬픔에 빠진 아르테미스는 사랑을 영원히 간직하려고 제우스신에게 오리온을 하늘에 올려 달 수레가 달릴 때 언제라도 볼 수 있게 해달라고 부탁을 한다. 그러자 제우스신은 그 청을 받아

들여 달빛 아래서도 잘 보이는 제일 밝은 별로 오리온자리를 만들어 주었다.

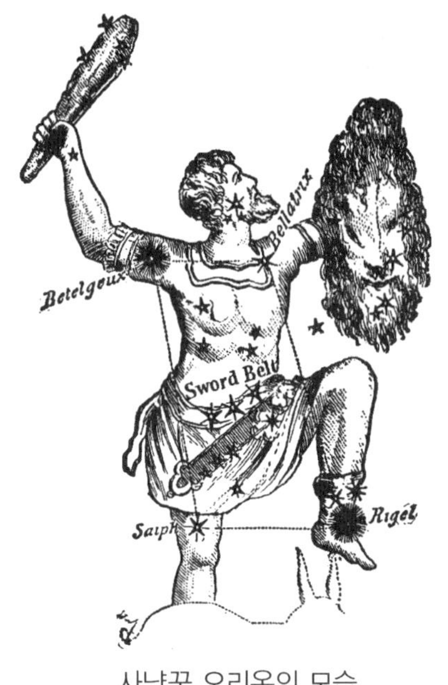

사냥꾼 오리온의 모습

달이 떠 있는 겨울밤 오리온 별자리를 보면 두 연인의 애틋한 사랑의 나눔과 아르테미스의 슬픈 울음소리가 들리는 듯하다. 또 사냥을 좋아하는 오리온의 사냥하는 모습도 떠오른다.

– 형부 별

한참을 열차로 달려왔건만 정오가 지나서야 오리온 별 베델게우스

역에 도착하였다. 공녀는 다시 은하 버스를 타자고 하더니 얼마큼 가서 내렸는데 산촌의 한 마을이 나타났는데 미국 서부영화 속 같아 보였다. 간판도 없는 목제 건물로 들어가자

"이게 누구야? 내 딸 공녀가 왔네."

문 가까이 서 있던 형부가 공녀를 반기며 흘낏 나를 바라보았다.

"형부, 나예요." 소리를 내뱉자

"아, 처제 여길 어떻게 왔어? 아직 올 때가 아닐 텐데."

형부는 44세 떠난 나이 그대로 중년인데 나는 노인이 되었으니 알아볼 수가 없었을 게다.

당시의 의술로는 최선을 다했지만, 대장암으로 세상을 떠나서 언니와 자식들이 많은 가슴앓이를 했다. 요즘 같으면 의학이 발달해서 치료받고 아직도 살아있을 수 있었을 것이다. 형부보다 2살 위였던 오빠가 2년 전 100세로 떠났으니 형부도 살았으면 금년 100세였을 것이다.

"아빠, 우리 밥 먹어야 되는데, 뭐 먹을 거 없을까?"

거기 건물 안에는 여러 아저씨들이 앉아서 차를 마시고 있었다.

"셀라, 안녕! 은하 퀸 오랜만이야."

"셀라, 안녕하세요? 아저씨들."

"우리도 지금 막 밥 먹기가 끝나서 아직 식지 않았을 거야. 저기

불고기가 남았을 거니 채소에 쌈을 싸 먹으라고."

내가 존경하던 형부의 젊은 옛 모습을 보고 팍 늙어버린 내 모습이 비교되어 더 이상 그 자리에 있고 싶지 않아서 공녀한테 눈짓을 했다. 빨리 챙겨 먹고 나가자고.

그런데 형부가 다가와

"여긴 사냥하는 곳이라 등산을 겸해서 자주 산짐승을 잡으러 가지."

오리온자리 파이 7 형부 별은 벌목꾼들과 어울려 살면서 사냥도 하고, 가끔 낚시도 하러 다니고 있었다. 세상에서 회사 직원들과 주말 낚시를 다니던 생각이 날까?

"형부는 낚시를 좋아하잖아요. 가끔 공녀랑 형부 낚시하러 갈 때 쫓아다니던 생각을 해요."

"여기서도 가끔 낚시하러 몇몇이 모여 은하 철도를 타고 에리다누스 강으로 나가곤 하지."

"네, 거기가 어디예요?"

"베타 별 리겔 북서쪽에 있는 강인데 아주 바다처럼 넓어. 이집트 사람들은 지하 세계로 연결되는 나일강으로 보고 있지."

형부의 취미는 낚시 다니는 것이었다.

낚시는 정서적으로 즐거움을 주고 일상에서 쌓인 스트레스를 확 날려버려 세상사 모든 일을 순조롭게 해준다. 그러면서 자연 속에서 신선놀음하듯 세월을 낚는 강태공의 즐거움을 맛볼 수 있다. 낚시는 호수나 강물 속에 솟아 나온 찌를 집중적으로 바라보는 관찰력이다.

그런데 어느 봄날 형부는 대장암이란 몹쓸 병에 걸려 싸우게 되었다. 요즘 같았으면 의학이 발달하여 대장암 정도는 거뜬히 고쳤을 텐데, 당시에는 무조건 암에 걸리면 불치병으로 인정하고 회사엔 사표를 내야 했다.

그러나 큰 수술을 받고 몸 밖으로 소변 통을 매달고 다니다가 결국 회복하지 못하고 추운 겨울날 40대 중반의 젊은 나이로 하늘로 갔다.

형부의 죽음은 나에게 참회의 나날을 보내게 하였다. 언니한테 속죄하는 마음으로 살았다.

그런데 여기서 존경했던 형부가 또래 친구들과 사냥도 하고 나무도 하고 낚시도 하면서 나름대로 즐거운 별나라 생활을 하고 있는 모습이 행복해 보였다.

“이모, 빨리 와! 밥 먹자.” 공녀가 식탁에 음식을 차려놓고 불러서 갔다. 쇠고기 불고기를 상추랑 먹으니 지구에서 밥 먹는 거랑 같았다.

형부가 따듯한 녹차를 끓여 주어 숭늉 대신 맛있게 마셨다.

“여기선 와인을 안 만드니?”

“아, 포도주? 만들긴 하는데 하루 한 잔 이상은 마시지 않아.”

“별나라 법인가?”

“법이라기보다 취하지 않기 위해 각자 스스로 지키고 있는 거지.”

남자들이 모인 그룹인데 식후에 차만 마시고 있는 모습에 내가 포도주 이야기를 꺼낸 것이다. 포도 농사를 지으니 포도주도 만들 것은 당연한 거 아닌가 하는 생각이 들어서였다.

역시 지상과 다른 사고방식으로 살고 있었다.

고해성사(주홍 글씨)

수많은 만장 펄럭이는 상여 뒤를
타박타박 눈물을 삼키며 따라갔다
오열하는 언니를 바라보며
어린 조카 손을 잡고
무덤덤하게 몽유병자처럼 걸었다

어느 쓸쓸한 가을밤
명동 성당 마리아상 앞에서
힘껏 포옹해 주었던 그날 이후
봉긋이 솟아오르는 젖가슴 누르며
형부를 진정 흠모하였다

그리고 얼마 후
그는 가슴앓이를 하였고
몸도 마음도 사위어 갔다
암이란 놈이 그를 쓰러뜨렸고
그때 난, 나 때문이라고

가슴으로 통곡하였다

언젠가 나를 그윽이 바라보며
'동백 아가씨'를 부르게 했던
그의 고독해 보이던 모습이
낚시터에서 대어를 낚은 나에게
환하게 웃어주던 그 모습이
눈물범벅이 된 눈앞에 어른거렸다.

이제 그의 마지막 길을 배웅하고 있는
나, 평생 주홍 글씨를
가슴에 안고 살아야 하나

언니도 떠난 지 오래고
그가 떠난 지 반세기
아직도 나, 죄인으로 살고 있다

7. 하늘의 황제 북극성

형부 별과 헤어져 공녀랑 다시 은하 철도를 타러 베델게우스 역으로 왔다.

"이모, 내일은 어디로 갈까?"

"너 영아 학교 오래 비워도 돼?"

"응, 이모 온다고 사흘 휴가를 냈어."

"그럼 내가 지상에서 늘 바라보던 북극성과 북두칠성이 보고 싶고, 직녀와 견우 별도 확인하고 싶어."

"그럼, 사전 지식이 있어야 돼. 나도 잘은 모르지만 아는 대로 알려줄게."

– 북극성(황제 별)

북극성은 북쪽 하늘의 중심점이며, 동양에서는 황제를 상징한다고 해. 그리하여 북극성 주위는 황족이 머무는 곳으로, 에티오피아 왕비 카시오페이아와 그 남편 케페우스 왕 그리고 사위 페르세우스 왕자 또 마차를 발명한 아테네의 4대 왕인 에리크토니오스 왕이 가까이 있어 늦가을 북쪽 하늘은 황제 북극성을 중심으로 세 명의 왕과 한 명의 왕비가 모여 신들의 궁전 파티를 즐기는 모습 같기도 하지.

그러기에 지상에서 온 왕족 귀족들도 이곳에 모여 사는데, 신하들이 없으니까 무엇이든 자기 스스로 해야 돼. 그렇지만 함께 모여 식사 문제도 해결하고, 오후엔 골프를 치고 유람선을 타며 한가한 날들을 보내고 있지. 하지만 왕족들도 저녁 해 질 무렵엔 반드시 자기 집에 돌아와 등불을 켜야 해. 그게 별나라에 살고 있는 존재 이유니까.

– 북두칠성

봄철 밤하늘 큰곰자리에서 가장 밝은 별로 국자 모양을 하고 있지. 초등생들도 찾을 수 있는 별인데 특히 우리나라에서는 아이를 못 낳거나 몹쓸 병에 걸리면 칠성당을 찾아가 빌고, 사람이 죽게 되면 관 속에 7개(칠성판)의 널판을 넣어 다음 생의 복과 장수를 기원했다고 해.

이 별에는 청소년들이 모여 살고 있는데 역시 오전에는 자기들의 할 일, 학교 공부를 해야 하고, 오후엔 모여 게임도 하고 당구도 치고 운동도 하고 자유시간을 갖지. 그런데 모두가 하고 싶은 거를 공짜로 할 수 있어. 별나라에는 돈거래가 없거든.

"우와, 집도 공짜, 식품도 공짜, 필요한 물건들도 다 공짜라는 거네!"

"이모, 북극성이나 북두칠성은 헬기를 타고 가야 돼."

"별나라에 헬기도 있다구?"

"그럼. 지구에 있는 거 거의 다 있어. 그런데 거기가 황제 도시라 내릴 수는 없고, 그냥 공중에서 내려다보기만 해야 돼."

그때 공녀가 손짓하니까 헬기 한 대가 날아와 우리 앞에 멈춰 섰다.

지상에서 여객기는 여러 번 타 봤어도 헬기는 처음 타는 거라 신기했다. 마치 메뚜기 모양과 비슷했지만 날렵해 보였다.

정말 한달음에 북쪽 하늘로 날아와 북극성 주변 잔디가 펼쳐진 골프장과 해안에 떠 있는 유람선을 볼 수 있게 나지막하게 날고 있었다. 오후 시간이라 그런지 귀족들의 즐기는 모습을 가까이서 볼 수 있었다.

다음엔 북두칠성 주변을 맴돌아 청소년들의 운동장에서 공 차는 모습과 친구들끼리 모여서 손짓하며 떠드는 모습들이 보였다. 그리고 견우, 직녀가 헤어져 지낸다는 은하 강둑에 오더니 우리를 내려주었다.

8. 직녀와 견우별

직녀별은 하늘나라 공주답게 가장 아름다운 여인으로 알려져 있지. 여름밤 해변에서 하늘을 올려다보면 정중앙에서 가장 밝게 빛나는 별이 직녀별인데 전설이 있어.

– 전설

옛날 하늘나라 옥황상제에게 직녀라는 아리따운 딸이 있었는데, 늘 베틀에 앉아 베를 짜고 있어 주변의 모범이 되었다. 서양에까지 그 소문이 알려져 제우스신이 직녀를 만나고 싶어 한다고 하자 이를 눈치챈 옥황상제는 직녀를 평소 좋아하던 목동, 견우와 결혼시켜 버렸다.

그런데 결혼 후 둘이는 너무 행복해서 그들이 본래 하던 베 짜는 일이나 목동 일을 게을리하고 늘 붙어있어 분노한 옥황상제는 그들을 갈라놓으려고 은하수 양쪽에서 지내게 하였다. 그리고 1년에 칠월 칠 일 하루만 만나도록 하였다.

그리하여 음력 7월 7일이 되면 '칠일월'이라는 배를 타고 하늘의 강을 건너 만나는데, 비가 내리면 강물이 불어 배가 뜨지 못해 강 언덕에서 직녀가 울고 있으면 많은 까치와 까마귀들이 날아와 그들의 날개를 펴서 오작교를 만들어 이들을 만나게 해주었다고 한다.

그 사실을 알게 된 제우스신이 몰래 백조로 변신하여 동양 하늘로 날아와 직녀가 견우를 영영 못 만나게 하려고 백조의 목을 길게 늘어뜨려 둘 사이를 반으로 갈라놓았다. 그래서 여름밤 하늘에는 직녀와 견우, 그리고 백조로 변신한 제우스가 삼각관계를 만들고, 칠석날 비가 오는 것은 둘 사이를 제우스가 방해하기 때문이라고 한다. 제우스는 구름을 몰고 다니며 비와 눈 번개를 일으키는 신으로 알려져 있다.

– 하프 타는 오르페우스

그런데 직녀별은 거문고자리에 있기에 또 다른 설화가 있다. 거문고자리는 죽음도 갈라놓을 수 없는 영원한 사랑을 한 음악의 신 오르페우스의 아름다운 사랑 이야기가 담긴 별자리이다.

아폴론의 아들 오르페우스는 음악의 천재로서 그가 연주하는 하프와 리라 음색은 인간은 물론 동물까지도 넋을 잃게 만들 정도로 아름다웠다. 그 소리는 바람과 강물의 흐름도 멈추게 할 정도였다. 그런 오르페우스가 물의 요정 에우리디케를 아내로 맞아 열렬히 사랑하게 되었다. 어느 날 아내 에우리디케가 악당에게 쫓겨 도망을

치다 뱀에 물려 죽게 되었다.

아내를 몹시 사랑한 오르페우스는 슬픔을 참지 못하고 지하 세계로 아내를 찾아 떠났다. 그런데 지하 세계 보초와 지옥 문지기 개도 오르페우스 하프 소리에 취해 길을 열어주었다. 그러자 지하 세계 지배자 하데스와 그의 아내 페르세포네 앞에 도착한 오르페우스는 하프를 뜯으며 아내 에우리디케를 돌려달라고 눈물로 간청하였다.

하프 소리에 감동한 하데스는 지옥문을 떠날 때까지 뒤를 돌아보지 말라는 조건으로 아내를 살려주기로 했는데, 오르페우스는 아내가 따라오는지가 궁금하여 그만 뒤돌아보고 날았다. 그 찰나 비명소리가 나고 에우리디케는 다시 지옥의 어두운 길로 돌아가 버렸다.

그리하여 실의에 젖은 오르페우스는 하프를 타며 트라케 언덕을 방황하였다. 주변에 그 음색에 반한 디오니소스 여사제들이 쫓아다니며 유혹했지만 모두 외면했기에 결국 그녀들의 화살에 맞아 죽고 말았다.

그러나 주인 잃은 하프는 그의 품에서 멈추지 않고 계속 슬프고 아름다운 음악을 연주하였다. 하프 소리에 매료된 제우스신은 그의 하프를 하늘에 올려 모든 사람이 그 음악을 듣고 기억하게 하였다.

그 후 하프와 리라는 땅에서 인간을 매혹시켰듯이 하늘에서도 여전히 부드러운 선율로 올림포스 신을 매혹시키고 있다 한다.

서양에서는 사랑 때문에 헤어질 수밖에 없었던 두 별을 서로 사랑하는 독수리로 보고, 날개를 접고 하강하는 독수리 직녀(베가)와 날개를 펴고 날아오르는 독수리 견우(알타이르)라고도 한다.

직녀와 견우 별이 있는 거문고자리엔 젊은이들이 많이 모여 사랑을 나누며 즐거운 날들을 보낸다. 물론 오전엔 자기들의 일을 하고 오후에 함께 모여 카페에서 차도 마시고 연애도 하고 게임도 하고 운동도 하며 자유롭게 보내지만, 역시 저녁 해 질 무렵이 되면 각자 자기 집으로 돌아가 등불을 켜고 음악 소리를 들으며 잠자리에 들어야 한다.

9. 남십자성

고향 만 리

남쪽 나라 십자성은 어머님 얼굴
눈에 익은 너의 모습 꿈속에 보면
꽃이 피고 새가 우는 바닷가 저편에
고향 산천 가는 길이 고향 산천 가는 길이
절로 보이네

북극성이나 북두칠성처럼 길을 찾는 데 도움을 준다. 남쪽 은하별들이 십자 모양으로 무리 지어 있어 붙여진 이름일 게다. 내가 어렸을 때 가수 현인이 부른 노래 가사에 "남쪽 나라 십자성"이란 말이 나와서 궁금했기에 공녀에게 물었다.

"거기는 멀어서 쉽게 가 볼 수는 없어. 다만 소식으로 알고 있는데, 지구에서 가장 열악한 환경에 살고 있는 아프리카 주민들을 모여 살게 했다는 거 같아."

"그래, 나도 늘 아프리카 땅이 농사가 안 되어 굶는 사람이 많다는 뉴스를 보게 되면 맘이 안 좋았어. 왜 흑인들이 모여 살고 가난하게 살게 되었는지 하나님께 물어보기도 했지."

"여기 별나라에 와서는 농사가 잘되는 평야가 넓게 펼쳐져 있고 모두가 풍요롭게 살고 있다고 하니까 지상에서 고생한 걸 보상받는 셈이 되겠지."

"그거 잘 되었네. 아프리카 땅은 저주받은 땅처럼 풀 한 포기, 나무 한 그루가 없는 사막 같은 대지가 끝도 없이 펼쳐져 있어 마실 물도, 먹을 음식도 부족하여 영양실조로 죽는 아이들이 많아. 그래서 국제 시민단체들이 여러 방면으로 돕고 있어. 나도 식수 보내기 단체와 빵 보내기 단체에 개미 노릇을 하고 있지."

"이모, 저녁에 엄마랑 셋이 오페라 구경을 하는 것으로 마지막 날을 보내고 오늘 밤엔 지구로 돌아가야 돼."

"공녀야 은하 퀸이 된 거 축하해. 또 휴가까지 내어 별나라 여행안내를 해주어 고마웠어.

그런데 마지막으로 물어볼 게 있어. 너 '어린 왕자별'을 아니? 소행성 B612라는데 프랑스 비행기 조종사 생텍쥐페리가 사막에 불시착했을 때 만난 작은 소년 별이래."

"글쎄, 너무 작은 별이라면 어느 행성 곁에 붙어서 빛을 낼 테니 널리 알려지지 않을 수도 있지. 나는 거기까진 잘 모르겠네."

"제2차 세계대전 때 활약했던 공군 조종사이면서도 작가로 활동하다가 하늘에서 실종되어 그 역시 하늘의 별이 되어 간 거 아닌가 하고 사람들이 그의 작품 『어린 왕자』를 사실로 받아들이게 된 거야, 하하."

"그랬구나. 작품이 유명해서 그럴 테지."

"동화형식으로 쓴 작품인데, 세계 여러 나라 언어로 번역해서 우리나라에서도 많은 사람이 읽고 감동했지. 그런데 별나라가 이렇게 좋은 곳인 줄을 새롭게 알았네. 의식주가 간단히 해결되니 얼마나 좋아.

옷은 더러워지지도 않고 해어지지도 않고, 집은 누구나 자기 집을 갖고 있고, 식사는 하루에 한 번 일터의 동료들끼리 모여서 함께 해결하고, 또 돈이 없는 세상, 욕심부릴 필요 없이 필요한 것은 다 가질 수 있고, 오후엔 자유시간으로 하고 싶은 거 하며 사는 세상, 전기가 없지만 생활에 불편함이 없는 세상이 곧 유토피아가 아닌가 하는 생각이 들었어."

그러면서 구약성경에 나오는 출애굽 사건이 떠올랐다. 이집트에서 떠난 이스라엘 민족이 광야에서 40년을 방황하는데 만나와 메추라기로 먹이시며 처음 입은 옷이 더러워지지도 해어지지도 않았다는 이야기 말이다.

우리 인간 세상에서는 불가능한 일이지만 우주 만물을 창조하신 여호와께서는 불가능이 없기 때문에 기적을 행하신 것이다.

어린왕자 별

"그래, 이모. 별나라에는 문명의 발달은 없지만 그래도 문화는 있어. 오늘 밤 떠나기 전에 엄마랑 셋이서 오페라 구경을 하러 가는 것도 문화인이 되는 거지."

– 별나라 오페라 공연

공녀가 휘파람을 불자 까치 한 마리가 날아왔다. 공녀는 까치 다리에 쪽지를 묶어 날려 보내면서 "백조 마을 감마 1호!"라고 소리치니 날아갔다. 나는 지상에서 옛날 사람들이 비둘기 발에 편지를 묶어 보내던 일을 생각했다.

"엄마한테 오후에 오페라 하우스에서 만나자고 연락했어."

"여기선 까치가 집배원 역할을 하는구나."

"그런 셈이지. 이제 서둘러 가야 돼."

우리는 백조 별자리에 있는 예술회관으로 가려고 은하 버스를 탔다. 창밖에는 많은 사람이 분주히 오가고 있었다. 이곳 역시 가로수는 모두 과일나무로 되어있어 열매들이 주렁주렁 달려 있었다. 지상의 동유럽 여행 때 어느 나라에서 오렌지가 가로수였던 생각이 났다.

"저 과일은 누가 관리하니?"

"백조자리 시에서 관리하는데, 열매가 완전히 익으면 농산물 센터 창고로 가고 거기서 필요한 사람들이 가져다 먹는 거야."

어느새 데네브 역에 도착해서 내리는데 저기서 언니가 손짓을 하며 다가오고 있었다.

"엄마가 먼저 왔구나. 우리 내려가자."
"언니 덕에 별나라 오페라를 구경하게 되었네."
"그래 어서 와. 우리 셋이 오페라를 보며 추억을 만드는 거지."

벌써 많은 관람객이 입장하고 있었다. 그런데 지붕은 유리로 되어 있었다. 건물은 돌과 나무 흙을 잘 섞어 만든 것 같은데 그 넓은 지붕을 어떻게 유리로 만들었을까 신기했다.
"여기는 전기가 없으니까 낮에만 오전, 오후로 공연을 해. 또 공연할 때 음향시설이 없으니까 가수 배우들의 목소리가 흩어지지 않도록 사방을 막고 위도 방음장치를 한 거지."
그러자 내가 여행 가서 봤던 서유럽 로마의 원형극장 생각이 났다.
"엄마 우리 어디 앉아서 볼까?"
"일단 내려가 보자."
그리하여 우리 셋은 공연장 가까운 곳에 자리를 잡고 앉았다.
놀랍다. 러시아 상트페테르부르크 공연장이나 호주 시드니에 있는 오페라 하우스를 연상시킬 정도의 분위기는 아니었지만, 그래도 실내는 충분히 잘 꾸며져 있었다. 그리고 장내에는 백조의 호수 주제곡이 은은하게 흐르고 있었다.
하늘 위에서 지상의 오페라를 구경하게 되다니,
특히 지크프리트 왕자가 저주에 걸린 백조 오데트와 춤추는 장면은 정말 감동적이었다.

"모두 지상에서 연기자들이었기에 여기 와서도 자기 일을 하는 거야. 이모 어때? 좋았어?"

"정말 감명 깊었어. 난 지상에서 실제 공연을 못 봤는데 별나라에 와서 보니 너무 멋지다."

"재미있지? 나는 여러 번 봤는데도 여전히 좋아."

"이렇게 고급 오페라를 공짜로 보다니 과연 별나라는 좋은 곳이구나."

오페라가 끝나고 언니와 작별 인사를 했다.

"언니, 잘 지내! 나, 이제 돌아가야 돼."

"그래, 잘 가서 건강하게 지내다가 와. 공녀 너도 잘 가고."

언니는 손 흔들고 헤어져 갔다. 공녀와 나는 다시 은하 버스를 타고 은하 마을로 왔다.

어두워지려고 해서 일단 공녀 집으로 갔다. 공녀는 집에 등불을 켜고 나서 나를 배웅해 주려고 나왔다.

그리고 은하수 강둑을 걸으며 말했다.

"이모, 별나라 여행 재미있었어?"

"그래, 너무 신났어. 내가 지구 여행했을 때보다 더 신기하고 아름다웠어."

"참, 이모는 지상에서 여행 많이 했다고 했지?

그 이야기를 들려주었으면 좋겠네."

"그런데 나는 오늘 밤 지구로 돌아가야 하잖아. 언제 들려주지?"

"응, 염려 안 해도 돼. 이모가 책으로 쓰면 내가 다 볼 수가 있어. 나는 천리안을 가졌잖아."

"그래? 알았어. 이제 돌아가서 지구별 여행 이야기를 적을게. 하늘에서 읽어 봐.

그런데 나의 별은 어디 있을까?"

그때 삼족오가 나타나 등을 내밀었다.

"이모, 잘 가. 안녕!"

철썩 쏴아 철썩 쏴아

귓가에 파도 소리가 힘차게 들려와 놀라 깨었다. 그때 나는 겉옷을 똘똘 말고 해변에 웅크리고 앉아있었다.

저 멀리 하늘이 부옇게 날이 밝아오고 있었다.

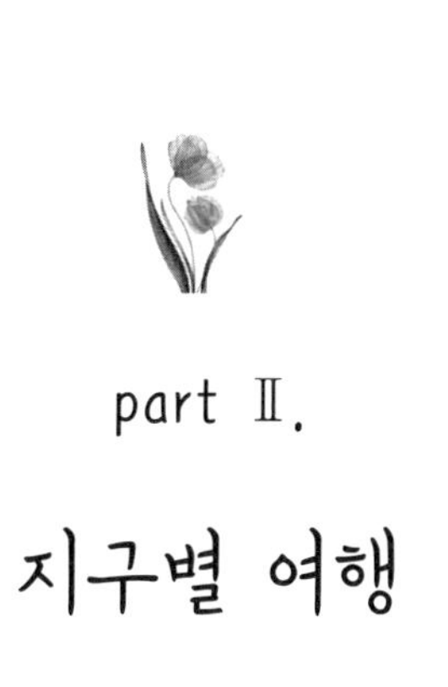

part Ⅱ.

지구별 여행

1. 네팔 히말라야 트래킹

1) 히말라야 랑탕계곡

만 62세 정년퇴직을 앞두고 퇴직 기념 배낭여행을 다녀왔다. 겨울방학이라 다른 학교 선생님 가족과 함께여서 총 28명이 동행을 하였다. 보통 배낭여행은 한 달을 기한 잡으니 챙겨 갈 짐이 많아 40~50kg 배낭과 침낭을 가져가야 한다. 특히 겨울산행이나 산악지대로 갈 때엔 두꺼운 오리털 침낭은 필수다.

우리 일행은 1월 초 비행기를 타고 네팔의 수도 카트만두로 향했다. 팔이 네 개를 지닌 나라는 어디일까, 우스갯소리 퀴즈를 떠올리면서 눈을 감았다 떠보니 공항이었다. 산악도시 카트만두는 먼지가 펄럭이는 어수선한 도시였다.

한국으로 유학 왔다 간 청년이 경영하는 호텔 겸 식당을 찾아갔다.

그곳을 숙소로 잡고 시내 밤거리 구경을 하고 산행 계획을 세웠다.

요즘엔 히말라야 랑탕계곡이 많이 알려져 있으나 2003년에는 별로 알려지지 않았을 때였는데, 우리 한국 교사들 일행이 다녀온 것이었다.

먼저 랑탕계곡 아랫마을까지 가서 하룻밤을 묵고 아침 일찍 서둘러 산행을 시작해야 했다. 그리하여 카트만두에서 랑탕계곡 마을까지 가는 버스를 탔는데, 우리나라에서 폐품 처리한 버스를 수리해서 다니는 거라 목숨을 건 산길 투어였다.

온종일을 우리나라 강원도 대관령 아흔아홉 고개보다 더 가파른 낭떠러지 좁다란 산길을 꼬불꼬불 잘도 헤쳐 나갔다.

버스 안에도 지붕에도 사람을 가득 태우고 마치 곡예사처럼 신나게 달려가는 운전사. 아마 세계에서 가장 실력 있는 운전기사의 나라는 네팔일 것이다.

랑탕 계곡 입구 마을까지 꼬박 하루가 걸렸고, 거기서 자고 이튿날 새벽에 서둘러 배낭을 챙겨 둘러메고 산길을 걸어 올라가기 시작하였다. 우리는 4명이 한 조가 되어 조별로 움직이기로 하였다.

우리 일행이 28명이니 모두 7조가 되어 각각 움직이기로 하였다.

한 달 사용할 물건이 담긴 배낭과 오리털 침낭을 등에 지고 하룻길을 올랐는데 목 디스크가 와서 난감했다.

때마침 나의 사정을 안 등산대장이 티베트 청년 포터를 섭외해 주어 우리 조 4명의 짐 운반을 거뜬히 해결해 주었다. 그런데 놀랍게도 그 청년은 이불보처럼 커다란 보자기에다 우리 네 사람의 짐을 잡아매더니 이마에다 얹고 슬리퍼를 끌고 사뿐사뿐 산길을 오르는 게 아닌가? 마치 초능력을 가진 듯해 보였다. 역시 산사람이라 지상 사람은 상상할 수 없는 그들만의 지혜와 기술이 있으리라.

그러자 우리 네 사람은 둘째 날부터 신선노름 하는 것 같이 여유롭게 트레킹을 하며 계곡 주변을 살피고 자연 감상을 하였다. 사실 첫날에는 짐 때문에 몸이 불편하여 환경을 둘러보지 못하였는데 이제야 계곡 여기저기 피어있는 야생화를 보며 아름다움에 놀랐다.

밤에는 시베리아 벌판 날씨인데 낮에 해가 뜨니 봄 날씨가 되었다.

그래도 밤의 추위를 어떻게 견디고 꽃들이 피어 있을까 놀라지 않을 수가 없었다.

2) 티베트 산장에서

첫날 밤 잘 때 산장의 방에서 오리털 침낭 속에 파카를 입은 채로 들어가 자는데도 문밖의 바람 소리와 냉기가 방에까지 숨어들었던 것을 생각하면 참 히말라야 산의 조화가 상상을 초월한다는 것을 느꼈다.

또 해가 뜨면 산장 뜰에 냇물이 졸졸 흐르고 등산객들은 그 냇물에서 세수를 하였다. 지상에 사는 우리 같은 사람들이 상상하기 어려운 일들이 산악지대에서는 일상인 것이다.

하루 4~5시간을 트래킹하고 산장 식당에서 식사를 하고 또 4~5시간을 가면 날이 저물어 산장에서 머물러야 했다. 보통 산장의 식사는 아침엔 짜이(홍차에 우유 넣은 것)에 빵과 계란으로 먹고, 점심과 저녁엔 주로 볶음밥을 먹었다. 이런 식사를 하고 자고 하며 사흘길을 올라가니 고산증세 나타나는 사람들이 생겼다. 증세가 꼭 연탄가스 중독일 때 같다고 했다.

다행히도 나는 멀쩡한 13사람 중에 들어서 4일째 트레킹 팀에 끼었다. 대장의 안내로 13명은 4일째 되는 날 계곡 정상엘 올랐다.

트레킹으로 올라가는 길 여기저기 티베트 국기가 꽂혀있고, 우리나라 성황당처럼 돌무더기들이 쌓여있었다. 그런데 산사람들은 별로 볼 수가 없었다. 대개 산장에서 일하든가 포터 노릇을 하노라 산길에서는 볼 수가 없는 것일지도 모른다는 생각이 들었다.

멀리 히말라야 정상 안나푸르나 봉우리가 보이는 랑탕계곡의 정상에서 하늘을 우러러보며 감사 인사를 하였다. 하나님의 천지창조의 숭고함과 그 웅장함, 또 신비스러운 매력에 흠뻑 빠졌다.

3) 닭 두 마리로 28명이 포식을

정상을 정복한 우리 13명은 그날 밤에 15명이 고산증세로 머물고 있던 산장으로 내려왔다. 그리고 영양 보충을 하기로 하고 산장 주인한테서 야생 닭 두 마리를 샀다. 3마리밖에 없어 두 마리만 팔겠다고 해서 어쩔 수 없었다. 닭이 크기는 하지만 28명이 먹기엔 부족한 게 당연하였다. 그래서 주인이 잡아 준 닭을 커다란 솥단지에 삶아서 고기 건더기를 잘디잘게 찢고 쌀을 씻어 부어 닭죽을 만들었다. 그러자 솥단지로 한가득히 양이 늘어났다.

이게 얼마 만이냐 하며 모두 입안에 기름기를 집어넣기 바빴다. 모두 즐거워하며, 기름기가 목으로 내려가는 소리가 들린다고 하며 한바탕 웃었다. 이렇게 해서 모두가 즐거운 식사를 하였다. 이때가 내가 처음으로 닭백숙을 먹은 역사가 되었다.

히말라야 야생 닭을 잡아먹은 것도, 닭 두 마리로 28명이 포식한 것도 아마 우리 일행이 세계에서 처음 있는 일로 전무후무한 일이었으리라 생각되었다.

이튿날 하산 길에 만난 산장의 아이들이 우리 일행을 신기해하며 천진난만한 눈길로 바라보고 있었다. 그래서 일생에 한 번뿐인 만남을 기념하기 위해 아이들을 껴안고 사진을 찍어 아직까지도 보관하고 있다. 그 티베트 어린이들이 지금은 커서 처녀, 총각이 되어 부모의 산장을 이어받아 알피니스트의 시중을 들어주고 있겠지. 그들은 나서 죽을 때까지 하늘과 산 사이에서 그렇게 산사람으로 살아갈 것이다.

히말라야 원주민(티벳 고산족) 아이들과 함께

아, 히말라야

신(神)이 말했다
내가 우주를 창조하였노라
그중 지구별의 히말라야가
가장 멋진 걸작품이라고

10여 년 전
정년퇴임 기념 배낭여행으로
태고의 신비함 간직한
랑탕계곡을 트래킹 하였다

사흘 길 오르면서
해가 지면 신의 마을
티벳인 산장에 묵었는데
밤에는 폭풍의 언덕이고
낮에는 봄날 같아
야생화와 들풀의 아름다움에 취해
살랑살랑 신선놀음을 하였다

나흘째 되는 날
캉진봉 3,800m 고지에
고산병 일행 남겨두고
4,600m 고지에 올라
건너편 에베레스트 산 만년설
경이로움에 환호했다
아, 히말라야!

지금도
쏟아지는 별빛 얼굴에 문지르며
밤새 흐르던 랑탕계곡의
물소리 바람 소리 듣던 추억이
내 영혼을 황홀하게 한다

2. 신비의 나라 인도 배낭여행

13일간의 네팔 여행을 마치고 국경을 넘어 인도로 가는 길 역시 순탄치가 않았다. 아침나절 출발한 버스여행이 국경을 넘으려면 밤새도록 달려가야 한다는데 밤이 되니 냉방버스가 되어 침낭으로 몸을 휩싸고 밤을 지새워야 했다.

또 국경에선 별 이유 없이 초소 경비들이 시간을 끌었다. 통과 세를 바라는 듯하는 것이 선진국과 다른 점이었다. 겨우 볼펜 몇 자루에 검사 도장이 찍히었다.

1) 코끼리 사파리

이제 인도로 내려오니 날씨가 따듯해서 살 것 같았다. 인도 북부 도시인데 코끼리 사파리를 하게 되어 4명이 코끼리 한 마리 등에 있는 우리 안에 타고 선인장 공원을 다니는 것인데, 우리 뒤에 오는 아기코끼리가 심통을 부려 주저앉는 바람에 거기 타고 오던 한 여 선생님이 선인장 가시가 얼굴에 찔려 고생을 하였다.

또 남쪽으로는 배를 타고 강을 내려왔는데 카누 같은 좁다란 배에 뱃사공까지 10명이 타고 리프트 경기를 하듯 용케도 빠지지 않고 건너왔다. 그때 체육 선생님이 물에 빠지면 건져줄 테니 염려 말라고 하며 으스댔지만, 실상 속력이 붙어 내리막 위험한 뱃길에는 우리랑 똑같이 아찔해하여 모두가 웃었다. 강폭은 좁은데 가끔 급경사가 져서 위험할 수도 있다고 뱃사공이 눈짓을 하였다.

이렇게 해서 우리 일행은 인도 땅으로 깊숙이 들어왔다.

2) 축제의 바라나시

인도 갠지스 강가에 있는 힌두교 성지 바라나시는 강기슭에 목욕 계단(가트)이 있어 많은 힌두교도가 와서 목욕재계를 한다. 또 강가에는 많은 사원과 궁전이 층층이 솟아있다. 신심 깊은 힌두교도들은 일생에 한 번 이곳에 와보는 게 소원이며, 그곳에 머물 때 죽음을 맞기를 소망한다.

그런데 그곳에서 죽으려면 장작 살 돈이 적잖이 있어야 한다.

강 상류에서는 화장터가 있어 하루 종일 나뭇가지를 쌓아놓고 시체를 태운다. 그 냄새가 도시 전체에 진동하지만 모두 아랑곳하지 않고 오히려 축제의 분위기다. 죽음의 도시가 아니라 삶의 재탄생을 축하하는 하늘로 가는 길목 같았다.

바라나시 마을 골목골목에는 시체를 메고 다니는 광경이 계속되고, 신처럼 떠받들고 있는 소들의 행진도 쉬이 눈에 띈다. 또 우리 숙소 골목에는 커다란 이파리를 코밑에 들이밀고 사라고 하는 장사치들이 있었는데 누가 아편이라고 말해 주었다. 혼자 골목엘 다니다가는 납치라도 당할 분위기였다.

화장터 옆 언덕에는 계단이 있는데 그곳에 걸인들이 모여 앉아있으면 귀부인들이 계단을 오르내리며 돈을 나누어 주고 있다. 한마디로 보시를 하며 선행을 베푸는 모양이었다.

밤이 되면 꽃으로 만든 등을 사서 소원을 빌며 강물에 띄워 보낸다. 낮과는 달리 아름다운 강변 풍경이 펼쳐진다.

그래서 세계의 관광객들이 몰려드는 것이다. 한쪽에서는 시체가 타고, 한쪽에서는 힌두교 의식이 행해지고 삶의 의욕이 넘쳐나듯 강물은 변함없이 흐르니 참으로 불가사의한 도시였다.

바라나시

구천(九天)을 떠도는 뭇 영혼
미로 같은 골목길 누비는
관광객 속 쏜살같이 파고들고
거리마다 어슬렁거리는 소와 개들
윤회설 입김 불어대며 눈동자 굴린다

강으로 통하는
죽음의 계단에 앉아 구걸하는 여인들
거기에 한 귀부인 동전 한 닢씩
던져주며 계단을 오르고 있다

장작더미 둘러메고
강으로 죽으러 오는 도시
인도의 모든 영혼 모이는 곳
갠지스 강에 붉은 노을 잠들면
힌두의식 축제 벌어지는데
살아남은 자들 나룻배에 몸을 싣고

강물에 꽃불 띄운다

목욕한 그 물을 성수로 떠서
성큼 제단에 올라 향을 사르는 사제들
마치 망나니가 칼을 벼르듯
온몸 흐느적거리니
넋이 나간 구경꾼들
정지된 시간 속에서
검은 강물 따라 세상 밖으로 흘러간다

2003. 1. 인도 갠지스 강가에서

3) 낙타 사파리

인도의 수도 뉴델리를 지나 황금의 도시 자이셀메르에 접어들자 사막투어 준비를 하게 되었다. 거기에는 수십 마리의 낙타가 우리 일행을 태우려고 낙타몰이꾼과 대기하고 있었다.

그런데 놀라운 것은 낙타몰이꾼이 거의 10대 소년들이었다.

터번을 쓴 거무튀튀한 얼굴에 눈만 반짝이는 모습이 가족부양을 위해 어려서부터 직업 전선에 나선 것일까 안쓰러웠다.

관광객 한 명당 낙타 한 마리 몰이꾼 한 사람이 배당되어 낙타에 올라타게 도와주고 있었다. 나도 낙타 등에 올라타는데 두꺼운 담요를 깔고 앉았는데도 엉덩이뼈가 낙타 등 혹에 걸려 몹시 불편하였다.

그래도 처음 출발할 때는 신이 나서 주변 구경을 하며 가끔 눈에 띄는 사막의 앉은뱅이 나무들이 신기해서 마냥 즐거워하였다. 그야말로 가도 가도 끝이 없는 모래밭을 낙타 등에 매달려 수십 명이 낙타 사파리를 하였다. 실로 그 풍경이 장관이었다.

4시간 정도를 가서 사막 한가운데 야영지에 도착하였는데, 엉덩이뼈 살이 벗겨져 상처가 났는지 통증이 심해서 연고를 얻어 바르고 그냥 하룻밤은 참고 지내기로 하였다.

4) 사막에서 별을 품다

뉘엿뉘엿 사막 끝자락에 해가 넘어가고 있을 때 낙타몰이꾼들은 식사 준비를 하고 있었다. 준비해 온 염소를 통째로 매달아 놓고 바비큐를 하면서 한쪽으로는 씻어 온 쌀로 밥을 짓고 우리 일행을 먹을 음식을 만드노라 분주히 움직이고 있었다.

해가 꼴깍 넘어갔는데도 여운이 남아서인지 그리 어둡지 않았다.

낙타몰이꾼들이 저녁 식사 준비를 하는 동안 우리 일행은 각자 침낭을 챙겨 밤잠 잘 곳을 모래언덕 아래에 마련해 놓고, 바비큐와 캠프파이어 하는 곳으로 몰려 앉았다.

모두가 감개무량한 눈치였다. 일생일대에 이런 풍광을 언제 또 누려보겠는가. 이런 배낭여행을 주선해 준 대장한테 다시 한번 감사함을 느꼈다.

그리고 하늘을 우러러 별을 품고 각각 발광체가 되었다.

인도사막에서의 하룻밤 야영은 모든 여행자의 소망이기도 하리라. 우리 일행은 그 행복감에 젖어 짜이라든가 인도 막걸리를 마시며 염소고기를 뜯었다. 그밖에 감자나 양파를 곁들여 먹으며 자연을 만끽하였다. 또 노래들도 불렀다.

나는 멀리 떨어져 모래언덕 아래에서 하모니카로 「고향의 봄」을 비롯해 「즐거운 나의 집」 등 어린 시절 부르던 노래를 불면서 별나라에 메아리쳐 보내었다.

며칠 전 히말라야 랑탕계곡 산장에 누워 하늘의 별이 바로 눈앞에 떨어지던 때와는 또 달리, 잡힐 듯 말 듯 한 거리에서 아른거리는 별을 가슴에 품고 먼저 떠난 그리운 사람들 생각을 하며 잠이 들었다.

인도 델리 사막에서

멋진 사막의 밤을 지내고 이튿날 태양이 뜨자 귀환 길을 서둘렀다. 각자 자기가 타고 온 낙타와 몰이꾼을 찾아 다시 낙타에 올라타고 시내로 돌아왔다. 뜨거운 햇살을 피하고자 모두 목가리개가 있는 여름 챙 모자를 쓰고서 낙타 등에 올라타고 오는데 어제 상처 난 엉덩이뼈가 아파서 겨우 돌아왔다.

다행히도 어제 4시간 걸린 길을 오늘은 2시간 반에 올 수 있어서 좋았다.

이리하여 일생에 한 번 있을까 말까 한 낙타 사파리 여행을 무사히 마치었다. 오래도록 행복한 아름다운 추억으로 남을 것이다.

5) 타지마할– 아그라 성

인도 관광에서 주요 리스트에 타지마할이 으뜸으로 꼽히는 이유는 '샤자한의 사랑' 이야기 때문이리라. 옛날 무굴왕조 5대 술탄 샤자한이 너무도 사랑하는 왕비가 일찍 죽자, 그 슬픔을 어쩌지 못해 국고금을 탕진해 가면서까지 왕비의 무덤을 대궐처럼 대리석으로 지어 사랑하는 왕비를 추모하였다.

그러자 그 아들이 왕위를 계승하면서 아버지가 나랏돈을 탕진하여 백성을 도탄에 빠뜨렸다고 타지마할 건너편에 아그라 성을 짓고 그곳에 선왕을 유폐시켰다. 그리하여 샤자한은 멀리 왕비의 무덤 타지마할을 바라만 보면서 죽는 날까지 눈물로 세월을 보냈다고 했다.

인도 타지마할

그러나 그때 국고 낭비로 지은 왕비의 무덤 타지마할이 후손들을 먹여 살리는 관광지가 되었으니 이제는 샤자한 술탄의 업적으로 높이 평가되지 않을까 하는 생각이 들었다.

아름다운 무덤 앞에는 무덤이 비치는 연못이 있고 안으로 들어갈 때는 사원처럼 긴치마에 신발을 벗고 들어가야 하는 성스러운 곳이 되었다.

6) 세월아 네월아 기차여행

지구에서 일곱 번째로 넓은 땅 인도, 그런데 인구는 두 번째로 많다고 한다. 거기서 겨우 북인도를 관광해도 먼 땅을 다녀야 하니 오랜 날들이 걸릴 것이다. 그래서 그 넓은 땅을 기차로 다니기로 했다.

그런데 가는 곳마다 기차역엔 사람들로 붐볐는데, 그도 그럴 것이 기차가 계속 연착하고 연발하는 바람에 떠났어야 할 승객과 떠날 시간 되었다고 모여드는 승객들이 뒤엉겨 있게 되었기 때문이었다.

우리네 상식으로는 이해 안 되는 점이 많았다. 기차가 출발 시간이 되었는데 떠나지 않아도 역 사무실로 달려가 항의하는 사람도 없고, 여기저기 모여 앉아 마냥 기다린다. 화내는 사람도, 분노를 터뜨리는 사람도 없이 늘 그랬듯이 기다리고 있었다. 아마 인도의 기차는 연착 연발이 일상화되어 있는 듯하였다. 우리 일행은 시간이 넘었는데도 오지 않는 기차를 기다리는 데 지쳤고 기가 막혔다.

그리하여 역 사무실에 알아봤더니 밤에 출발하려던 기차가 내일 새벽에나 들어와 출발할 거라고 했다. 그래서 우리도 인도 사람들처럼 기차역 대합실에 침낭을 펴고 자기로 했다. 화장실이 가까워 냄새가 났지만, 구석에 침낭을 펴고 누웠다.

그러면서 생각을 하였다.

인도인들의 국민성이 너무 낙천적이라 그럴까? 시간관념이 없어서

일까? 불편함을 느끼지 못하는 것일까? 궁금하였다.

늘 빨리 빨리를 외치며 사는 우리네 정서로는 상상도 할 수 없는 일이었다. 잘 이해가 되지 않았다.

또 어디를 가든 무엇을 하든 만나는 사람마다 '노 프로브럼'을 연발했다. 그냥 모든 사건이나 문제가 아무렇지도 않다고 여기면서 이 한 단어로 통했다. '노 프로브럼!'

새벽이 되자, 역사에 누워 자던 사람들이 모두 우르르 일어나 10여 시간이나 연착한 기차를 타려고 서둘러 나갔다. 플랫폼으로 들어가 겨우 우리 자리를 찾아 앉았는데 대장이 기차 안의 수칙을 일러주었다. 우선 배낭과 손가방을 끈으로 묶고 신발은 베개로 베고 짐은 껴안고 누우라는 것이었다.

그래서 내 옆에 등산반 총무는 나와 함께 앉으려고 준비하는 과정에서 앞에 메었던 작은 배낭을 잠시 내려놓고 뒤 배낭과 손가방을 묶으려는 찰나 옆자리에 놓았던 앞 배낭이 사라졌다. 눈 깜짝할 사이에 소매치기를 당한 것이었다. 눈 뜨고도 코 베어 가는 세상인가 모두 기가 막혀 위로하였더니 그 친구 허허 웃으면서 쌈장, 고추장 등 밑반찬들이라 인도인들에게는 필요 없는 것을 가져갔다고 했다.

돈은 없어도 옷가지라도 들었을까 하고 가져갔을 텐데 자기들은 먹을 수도 없는 걸 가져갔으니 참 안됐다는 생각이 들었다.

기차는 사람을 태우고도 한참을 있다가 서서히 움직였다.

뽕 이파리 위에서 천천히 갉아먹는 누에 생각이 났다. 아니 진흙 바닥을 느릿느릿 기어가는 지렁이 생각도 났다.

그래도 우리 일행은 기차를 탔다는 사실에 즐거워하였다.

새로운 세상을 구경하는 것이니 얼마나 신나는 일인가!

차창을 내다보는 기차 여행은 역시 낭만적이었다.

낙타야

내가 너를 처음 본 것은
피난시절 미군의 담뱃갑에서야
곱사등 같은 혹을 등에 지고
슬픈 눈을 크게 뜨고 서 있었지
그 선한 눈이 맘에 들었어

전쟁 끝나고 동물원 가서
살아있는 너를 보고
몹시도 반가웠지
그땐 등에 업은 두 개의 혹이
얼마나 무거울까 불쌍해 보였어

세월 흘러 환갑 지나서
인도사막으로 너를 보러 가서
'사막의 배' 너를 타고
몇 시간 사막 길을 돌았더니
엉덩이 꼬리뼈 살이 벗겨져

한동안 고생을 했지
그래도 사막의 밤 캠프파이어
추억을 안겨 준 너를 잊을 수가 없었어

이제 황혼 계절에
오래전 사막에서
불타는 하늘 바라보며
향수에 젖어 꿈벅이던
너의 선한 눈을 생각한다

낙타

3. 지중해 연안 4개국 배낭여행

요즘 국제정세가 중동에 전쟁 분위기가 감도는 듯하다.

'아랍의 봄(2010)' 사태 이후로 민주화운동이 활발히 번져나간 탓일까, 2011년부터 시작된 시리아 내전이 아직도 아물지 않고 있다.

그리하여 시리아 지역은 관광할 수 없는 곳으로 구분되어 더 이상 접근할 수 없게 되었다. 그 뉴스를 접하면서 2006년 지중해 연안을 한 달 배낭여행 다녀올 때 시리아를 다녀온 게 얼마나 행운이었나 하는 생각이 들었다.

1) 이집트

2006년 1월 교사 등산대원들과 함께 인천공항에 모여 터키항공을 타고 이스탄불로 날아갔다. 현지 항공을 이용하는 편이 쌌기에 거기서 다시 비행기를 타고 카이로 공항으로 가는데 15시간 정도 걸렸으리라. 공항에서 그리 멀지 않은 숙소는 게스트 하우스로 한국인이 운영하는 곳인데 방마다 2층 침대가 여러 개 구비되어 있어 25명의 우리 일행은 가족 단위와 여자, 남자로 나뉘어 방을 정해서 각자 자리를 잡았다.

드디어 몇 천 년의 오랜 역사와 유물이 살아있는 찬란한 땅을 밟게 된 것이었다.

특히 성경 속에 나오는 출애굽 사건을 떠올리며, 그 옛날 이스라엘에서 노예로 팔려온 야곱의 아들 요셉과 그의 후손 모세를 생각하였다. 모세 당시의 파라오(바로 왕)는 람세스 2세로 히타이트 족과 동맹을 하고 평화로운 나라를 만들어 66년간이나 통치를 하였으며, 아부심벨 신전 등 전국에 많은 사원을 건축하였다고 했다.

(1) 기자의 피라미드

우리 일행은 이집트의 수도 카이로에서 첫 밤을 지내고 조별로 나뉘어 대장이 당부한 미션을 완수하러 뿔뿔이 흩어져 나갔다. 우리 조 4명도 간단한 배낭을 챙겨 메고 기자 지역 피라미드와 스핑크스를 구경하려고 출발하였다. 나는 내 친구와 체육 선생님 부부와 한 조가 되어 다녔는데 처음부터 택시를 잘못 타서 요금 폭탄을 맞았다. 택시기사가 외국인인 것을 알고 길을 돌고 돌아서 바가지를 씌운 것이었다. 그래서 다음 날부터는 메트로(전철)를 타고 다녔다.

어느 나라에나 외국 관광객들에게 바가지요금 부르는 것은 마찬가지일 것이다. 우리나라에서도 외국인에게 얼마나 그랬겠는가.

아침 일찍 서둘러 가서 그런지 사람이 많지 않아 찬찬히 구경할 수 있었다. 커다란 대지 위에 커다란 피라미드가 산처럼 세워져 있는데 정말 그 크기가 대단하였다. 그렇게 거대한 세 개의 피라미드 중에서도 가장 큰 것이 4대 왕조 2대 왕 쿠푸의 무덤이라고 했다.

계단으로 올라가 자세히 볼 수 있어 안을 둘러보았으나 그냥 커다란 공간이었다. 두 번째로 큰 것은 4대 왕 카프라(카프렌 왕)의 무덤이라는데, 이 왕 때에 스핑크스를 만들어 피라미드 앞에 세워 무덤을 지키게 한 것 같았다. 마치 우리나라 무덤 앞에 문인석을 세워 산소를 지키게 한 것처럼 말이다. 그런데 그 스핑크스 얼굴은 카프라 왕의 얼굴을 본떠서 만들었다고 했다.

또 세 번째 피라미드는 5대 왕 멘카우레의 것이라는데 모두 4,000여 년 전에 만들었다니 어찌 신비하고 불가사의한 일이 아닌가!

이리하여 사진이나 영화 속에서나 보던 피라미드와 스핑크스를 구경하고 사진도 찍고 그 주변의 넓은 땅을 거닐며 저 커다란 돌을 어디서 구했고, 기계도 없는 시대에 어떻게 웅장한 무덤을 만들었을까 감탄 또 감탄하며 발길을 돌렸다.

또 카이로 남서쪽 사카라 마을에 제3왕조 2대 왕 조세르의 계단식 피라미드가 있다. 진흙과 석회석으로 쌓아 6개의 계단으로 되어 있는데 4,600년 전 세계 최초로 만든 피라미드라고 한다.

이집트 관광 첫날은 기자의 피라미드와 스핑크스를 구경하고 환전을 하고 식당을 찾아다녔다. 그런데 돈 100달러를 바꿨더니 터키 돈 한 아름을 안겨주는 게 아닌가? 돈의 가치가 너무 낮은 것 같았다. 이 돈으로 한 달은 생활할 수 있을 거 같았다. 그래서 서울의 한 달 생활비로 한 달 배낭여행을 할 수 있다고 했나 보다. 하긴 비행기 값이 비싸지 현지의 물가가 싸서 경비가 별로 들지 않을 거 같아 다행이다 싶었다.

사카라의 조세르 피라미드

(2) 된장찌개에 양파를 김치로

우선 식당에 들어가서 볶음밥을 먹기로 하고 김치 대신에 시장에서 양파를 샀는데 보라색이었다. 갖고 간 쌈장을 찍어 먹으니 별미였다. 그래서 둘째 날부터는 밥을 해먹기로 하였다. 한국에서 준비해 온 된장으로 시장에서 감자와 양파를 사서 된장찌개를 끓여 먹으니 일품이었다. 쌀도 사서 냄비에 밥을 하니 누룽지까지 먹게 되어 우리 조 4명은 즐거운 식사 시간을 자주 가졌다.

또 이튿날부터는 메트로(전철)를 타고 다니기로 하였다. 첫날에 택시 타고 바가지요금 냈던 일이 언짢아서 조별로 지도를 들고 거리 구경도 하며 미션으로 받은 지역을 찾아다녔다. 특히 람세스 2세의 아부심벨 신전과 룩소에 있는 투탕카멘의 전설은 대단하였다.

그런데 하루는 기차로 이동하는데 우리 조에서 나만 빼고 세 사람이 뻔질나게 화장실을 다니는 게 아닌가. 그래서 왜 그러냐고 했더니 기차 타기 전에 거리에서 과일 주스 사 먹은 게 원인 같았다.

구아바라는 과일이 맛있다고 사 먹었는데 나는 한 모금 마셨고, 내 친구랑 체육선생 부부는 양을 많이 마셨다. 알고 보니 그 과일은 변비에 먹는 과일이라는데 모르고 맛있다고 많이 마셨으니 어찌 설사가 안 나겠는가? 무엇이든 '과유불급'이라 그런 얘기를 하면서 우리 일행은 한바탕 웃었다.

(3) 나일강에 해가 지다

저녁나절 우리 조 4명은 하루 일과를 끝내고 나일강변으로 산책을 나갔다. 그런데 거기서 우연히 만난 뱃사공의 배를 타고 지는 해를 구경하게 되었다.

나일강

나일강변의 정취를 만끽하며 수천 년의 이집트 역사를 음미해 보았다. 모세의 출애굽 사건 때 나일강이 피로 변했다는 일을 떠올리고 있는데 그 뱃사공이 말을 걸어왔다.

남자 한 명이 여자 세 명을 거느렸으니 능력이 있다고 남자 선생을 추켜세우며 엄지 척을 하는 거였다. 그러면서 자기도 부인이 두 명이라면서 약간은 우쭐대는 투로 활짝 웃었다.

이슬람교는 돈으로 여자를 사 오니까 여러 부인을 거느리면 부자라 능력 있다고 여기는 것이었다. 그래서 우리 일행은 모두 크게 웃으며 그렇다고 인정을 해주었다. 졸지에 체육 선생 부인 옆에서 내 친구와 나는 제2 부인, 제3 부인이 되고 말았다. 하하하.

나일강

머리 풀어헤치고 슬피 울며 흘러간다
5천 년 역사 그림자만 남아
황폐해진 인류문화 발상지
그 옛날 태양신 머리에 이고
영원한 파라오 꿈꾸던 많은 왕들
미라 되어 황포(黃布)에 싸여 흐른다

창세 전부터 흐르던 강물
지중해로 모여 하늘에 오르면
그리도 화려했던 핫셉슈트 여왕의 눈물이 되고
황금마스크 투탕카멘의 넋이 되어 떨어지며
람세스 2세의 후예로 부활하기도 한다

피라미드, 강물에 흘러내리고
스핑크스 물고기처럼 펄떡이는데
삐거덕 삐거덕 노 젓는
검은 피부의 사나이
어느새 붉은 물속으로 사라져 간다

(4) 고고학 박물관

BC 3,000년부터 2,700여 년간의 역사 유물을 전시해 놓은 박물관으로, 세계에서 가장 오래된 역사박물관이다. 몇 날 며칠을 보아도 다 구경할 수 없다는 박물관을 하루 만에 보라니 마음이 급해져 아침 일찍 서둘러 나갔다.

그래서인지 줄을 오래 서지 않고도 입장할 수 있었다. 들어가면서 비석같이 생긴 커다란 돌 판을 보게 되는데 나폴레옹이 이집트를 정복할 때 발견했다는 상형문자 로제타석이라고 했다. 이로 인해 인류가 상형문자의 비밀을 풀게 된 열쇠 구실을 하였다고 한다.

그리고 넓은 방에 미라 석관들이 누워있는데, 27구의 이집트 왕가의 관들이다. 거기 투탕카멘의 황금 마스크가 아직도 그 위용을 자랑하고 있었다.

대개는 영국이 가져가서 대영박물관에 이집트 유물이 많이 전시되어 있는데 반환 요구를 해도 꿈쩍을 안 한다고 했다.

해가 지지 않는 나라 영국 시절에 가져간 모양인데 지금은 영국이 물러간 지도 오래인데도 아직 이집트의 국력이 약해서 못 찾아오는 거 같았다.

우리 일행은 이집트에 온 김에 인구의 9%밖에 없다는 곱트교회를 찾아보기로 하였다. 마침 그 옛날 아기 예수가 잠시 피난 왔을 때를 기념하는 '아기 예수 피난교회'를 구경할 수 있었다.

AD 42년에 사도 마가(마르코)가 포교하기 시작해서 2,000년 세월을 견뎌낸 구시가지(올드 카이로)에 있었다.

또 카이로 중심지에 있는 바자르(재래시장) 구경을 했는데, 세계적으로 크고 유명하여 관광 명소가 되었다.

2) 요르단

(1) 페트라

이스라엘 이웃 나라이자 북으로는 시리아, 남으로는 이집트 그사이에 끼어있는 그리 크지 않은 나라이다.

세계 7대 불가사의 고대도시 페트라 붉은 꽃의 바위산, 붉은 사암으로 이루어진 고대의 신비로운 사막 도시로 영화 「아라비아 로렌스」와 「인디애나 존스」 촬영지였다.

페트라 언덕 건너편 호르산 정상에는 모세의 형 아론의 무덤이 있다고 하였다. 바위산들이 모여 협곡을 만들고, 그 사이사이로 관광객들이 지나다니고 더 넓은 사막으로 나오면 붉은 흙의 '와디럼 사막'을 걷게 된다.

요르단 페트라

거기서 지이프로 사막투어를 시켜주는 베두인 소년을 만나 친절한 안내를 받았다. 계속 깊숙이 들어가니 알 카즈네(보물창고)라는 조각건물이 있는데 베두인들은 그 속에 파라오의 보물이 있었다고 믿었다.

아랍 소년 '압둘'

사막 한가운데 서 있는 한 마리 노루였다

슬픈 눈빛이 갈색 터번에 눌리어
더욱 슬퍼 보이는 16세 소년
어린 나이에 집안의 가장이 되어
붉은 모래 위를 폐차된 지이프로 잘도 달린다

끝없이 펼쳐진 기괴 암석의 사막
아라비아 로렌스의 활동 무대 '와디럼'
낙타 타고 유랑하는 베드윈 족 너머로
사파리 투어의 하루해가 지고 있다

해 질 녘, 붉은색 바위 더욱 불탈 때
찍찍거리는 고물 라디오 연신 뚜드리며
'알라'의 노래 듣던 '압둘' 손 흔들면서
보금자리 찾아 사막을 간다

(2) 이스라엘과 시리아

우리 조에 체육 선생 부부가 있었는데 시리아 입국을 거절당해서 우리 일행이 시리아 다녀오는 동안 3박 4일을 요르단에 머물며 나이 들어 신혼여행의 기분을 다시 한번 느끼게 되었다. 몇 해 전에 이스라엘로 성지순례 여행을 다녀온 적이 있어서 시리아에 들어갈 수 없다는 것이었다.

그리하여 요르단의 수도 암만에서 시장을 둘러보고 근처 관광을 하면서 우리 일행을 기다리기로 하였다. 이렇게 이스라엘과 아랍 국가들은 영원한 적국으로 살고 있었다. 이들이 하늘나라 가면 그의 조상들이 뭐라 할까? 결국은 같은 조상인데 지상에서 파가 갈리어 으르렁대고 있으니.

(3) 사해(死海)

요르단과 이스라엘의 국경이 되는 사해에 가서 말로만 듣고 사진으로만 보았던 바다에서 둥둥 뜨는 체험을 하게 되었다. 먼저 검은 갯벌 흙을 온몸에 발라서 햇빛바라기를 하려는데 대장이 갯벌을 따라 다니며 좋은 흙을 구해 와서 진짜 머그팩을 하고는 일행 모두가 선팅을 하며 즐겼다.

나는 늘 물이 무서워서 수영장이건 바다에건 물에 들어가지 못했는데 이번 여행에서 사해 바다에 누워 정말 책 읽는 모습을 시험해 보았다. 몸이 둥둥 떠있는 게 신기해서 누운 채로 잠들고 싶었다. 바다 건너 이스라엘 땅을 건너다보면서 성지순례 기회가 또 올까 생각하였다.

사해

3) 시리아

(1) 팔미라

2006년 우리 일행이 배낭여행을 갔을 때는 천국이었다. 조용하고 평화로운 마을이 군데군데 모여있었다. '팔미라'는 로마의 유적 도시로 폐허에 돌기둥만 남아있었다. 그곳에 해 뜨는 장면은 마치 천지창조의 한 장면처럼 신비로웠다.

그런데 최근에 시리아 내전으로 그 아름다운 유적지가 더욱 파괴되었으리라 생각하니 참 나라가 무엇이고 권력이 무엇인가 참 슬퍼진다.

내가 제일 가보고 싶었던 곳은 시리아의 수도 다마스쿠스(다메섹)였다. 성경 속에서 바울 사도가 예수님의 광채에 눈이 멀었다는 곳, 거기서 처음으로 주님의 음성을 듣고 만났다는 곳이 그곳에 사도바울 교회가 세워졌다고 한다.

(2) **사도바울 교회**

사울이 길을 가다가 다메섹에 가까이 이르더니 홀연히 하늘로부터 빛이 그를 둘러 비추는지라 땅에 엎드러져 들으며 소리가 있어 이르시되

"사울아 사울아, 네가 어찌하여 나를 박해하느냐?" 하시거늘

대답하되 "주여, 누구시나이까?"

이르시되 "나는 네가 박해하는 예수라. 너는 일어나서 시내로 들어가라. 내가 행할 것을 네게 이를 자가 있느니라." 하시니

이때 눈이 먼 사울이 사람의 손에 이끌리어 '직가'라 하는 곳에 가서 사흘 금식 후 '아나니아'라는 예수의 제자를 만나 안수를 받고 다시 보게 되었다.

그리하여 그 사건을 기념하여 사도바울 교회가 생긴 것이다.

(3) 다마스쿠스

이후로 그리스도들을 핍박하던 사울이 예수를 전도하는 자가 되었다. 그리하여 시리아 다마스쿠스(다메섹)는 교회 역사상 가장 위대한 복음 전도자 사도바울이 변한 곳으로 기독교 역사의 한 페이지를 영원히 빛낸 곳이다. 다시 말해 '사울'을 '사도바울'로 변하게 한 곳이었다.

현재 중동 지방 사원은 모두 이슬람 모스크 사원이지만 아주 옛날에는 기독교, 로마 시대엔 천주교 성당이었고, 로마가 멸망 후엔 다시 이슬람 문화권이 되면서 성당이 모스크 사원으로 변신하였다고 했다.

(4) 성모 마리아 교회

마룰라 지역에 있는 성모마리아의 허리띠를 보관해 둔 교회로, 아랍어로 예배를 드린다. 또 전통이 있는 아랍어 교육을 교회에서 맡아 하고 있다. 그 옛날 예수님 살아생전에 아랍어로 강론하셨다고 했다. 안디옥 교회 지위를 물려받아 시리아의 크리스천 센터 역할을 담당하고 있다.

(5) 우마야드 모스크

시리아에서 가장 큰 이슬람 사원으로 아랍권을 통틀어 가장 크고 아름답다고 했다. 로마 시대에는 주피터 신전이 건축되었고, 기독교 시대에는 세례요한 교회로 전환되기도 하였다.

그러다가 이슬람 세력이 다시 부흥되면서 우마야드 모스크가 되었다.

그런데 우리가 갔던 2006년에는 그때가 1월이었기에 사원 뒤뜰로 돌아가면 크리스마스 행사로 예수 탄생 모습을 인형으로 만들어 놓은 것을 볼 수 있었다. 이슬람 모스크에서 기독교 행사를, 비록 작은 공간이지만 만들어 놓은 것을 보고 이슬람교의 너그러움을 느낄 수 있었다.

그밖에 다마스쿠스엔 수크하마디야 재래시장이 있어 구경거리로 좋고, 보스라의 원형극장 역시 폐허로 남았지만 아직도 그 위용을 자랑하고 있었다.

4) 터키

지중해 연안 4개국 관광의 마지막 코스로 터키가 남았다. 배낭여행 한 달 기간 중에 거의 반달을 넘겼으니 이제 여기서 반 달을 보내면 된다. 정확히 말하면 13일을 터키 구경을 하게 될 것이다. 28일간의 여행 기간을 비행기 표에 맞추어 다녀야 했기 때문이다. 터키는 가장 구경거리가 많은 나라라고 해서 모두 기대감에 부풀어 있었다. 더구나 아시아 유럽의 중간 역할을 한다고 해서인지 유럽의 풍속을 많이 따르고 있었다.

그런데 4개국을 다니면서 우리나라의 4계절을 다 체험하면서 다녔다. 겨울 방학에 갔으니 1월이었는데 이집트 다하브 해변에서는 수영을 하였고, 요르단 시리아에서는 봄과 가을을 보았고, 이제 터키에서는 겨울을 보고 있다.

이스탄불에 눈이 쌓여 소녀감정을 불러일으키면서 환호를 치던 기억이 난다. 사원의 지붕에 쌓인 눈은 정말 멋졌다.

요즘에는 터키 한 나라만 패키지로 다녀오기도 한다. 동 서양이 교차하는 중요 장소이기 때문에 문화가 유로풍이기도 하며 중동의 분위기도 느낄 수 있어 묘하고 신비스럽기까지 했다.

어느 마을엔가 밤늦게 카페엘 갔더니 남자 주인이 만돌린인가 기타 비슷한 둥그런 악기를 연주하고 있었다.

참 낭만적이고 여유 있는 미소를 보내고 있어 즐거웠다.

비록 다니는 곳마다 더운물이 나오지 않아 생활에 불편함은 있었지만, 우리나라처럼 빨리빨리 서둘지 않아 아늑하고 편안하게 지낼 수 있었다.

만돌린 타는 아저씨, 터키 전통 식당에서

물론 장소에 따라 화장실값을 많이 받아 안 좋을 때도 있었지만, 그런대로 신나고 재미있는 여행지였다.

이스탄불의 최대 시장으로는 그랜드 바자르(지붕이 있는 시장)가 있는데 5천 개가 넘는 상점들이 있어 토산품 양탄자 도자기 장식품 등이 관광객들의 눈길을 끌고 있다. 그러나 시내 슈퍼보다 2배는 비싸다는 얘길 듣고 그냥 눈요기만 했다.

(1) 카파도키아

화산재나 용암이 오랜 세월 비바람 눈 호수와 강물 등에 의해 침식되고 지진도 겪으면서 기암들로 형성되었다. 로마 시대 박해를 받던 기독교인들이 숨어 살던 곳으로 상상을 뛰어넘는 그들의 신앙심을 엿볼 수 있다. 발견된 지하 교회만도 1천 개정도로 추정된다고 하는데 그곳에서 2백만 명 이상이 집단으로 생활을 할 수 있었다고 전해지고 있다.

보통 '요정의 굴뚝'이라 불리기도 하는 아름다운 자연과 인간들이 만들어 낸 신비스러운 구멍 집 카파도키아!

카파도키아 석굴

카파도키아

나, 거기서 그분을 보았네
십자가에 달린 외로운 모습을
열두 제자와의 최후에 만찬이
괴뢰메 암굴교회 천장과 벽에
프레스코 그림으로 살아있었네

나, 거기서 땅굴 마을을 보았네
기원전 이룩되었다는 지하도시
그곳엔 학교도 집들도 굴 따라 있었고

'데린쿠유'와 '카이마르크'에서는
수만 명의 그분의 추종자들이
로마군에 쫓겨 두더지처럼 살았다네

멀리 가까이 눈 덮인 들판에는
남근(男根) 같은 버섯 바위들이
하얀 베레모를 쓰고 늘어서 있어

백설 공주 속 일곱 난쟁이가

금방이라도 튀어나올 듯한데

거기도 그들이 숨어 살던 곳이라네

그 후 세월은 가고

그들 모두 흩어져 하늘로 갔는데

오늘 내 안에서 그분을 보네

(2) 고속도로 화장실

보통 터키도 국내는 버스로 이동하는데 낮에는 이스탄불 슈퍼에 세워서 화장실 이용을 하도록 했지만, 밤에는 지방으로 가니 어쩔 수 없이 더럽기 짝이 없는 고속도로 휴게소를 이용해야만 했다.

그런데 밤 1시, 2시에도 할아버지들이 화장실 입구에 지키고 앉아서 입장료를 받았다.

처음엔 1유로에 두 사람 입장시키더니 나중엔 1유로에 한 사람만 들여보냈다. 노인들이 용돈벌이를 하려고 밤잠도 안 자고 지키고 있는데 휴지도 갖춰놓지 않고 돈만 받고 있는 게 좀 너무하다 싶었다.

역시 우리나라 고속도로 휴게소가 세계에서 최고의 수준이라는 걸 새삼 느꼈다.

(3) 아야소피아 대성당

성스러운 지혜란 뜻으로 종교 문화재로 등록되어 잘 보존되고 있다. 비잔틴 건축의 최대 걸작으로 모자이크 건물이다.

동로마(오스만)제국 시대 모자이크 벽화를 그려 아름다운 내부로 꾸며졌다. 14세기 콘스탄티노플(이스탄불)에 러시아가 방문한 기록이 남아있고 성당 내부가 많이 훼손되어 있었다.

그러나 노아의 방주 문과 예수의 거룩한 십자가들이 유물로 안치되어 있었다. 그리고 성당 정원도 잘 꾸며져 있었다.

노아 방주의 문이 유명한 것은 노아가 방주를 만들고 나서 홍수가 쏟아지기 시작할 때 하나님이 손수 문을 닫으셨다는 것이다. 그리고 노아가 여닫을 수 없었다고 했다.

노아가 방주를 만들어 놓고 이제 홍수가 날 거라고 모두 방주 안으로 피난 오라고 소릴 치고, 요즘 말로 방송을 해대도 그 당시 사람들은 꿈쩍을 안 했다고. 그러자 비가 쏟아지자 하나님이 더 이상 문을 열 수 없게 닫아버리신 것이다. 그래서 결국 노아의 가족만 구원받았다고 한다.

그리고 그 곁에 블루모스크가 있는데 지붕이 푸른색을 띠고 있고, 오스만 제국 14대 술탄 아흐메트 1세가 제자 메흐메트 아아를 시켜 만들었다고 한다. 건너편에 있는 아야소피아 성당 양식을 모방해서 만들었다고 한다.

(4) 파묵칼레

'목화의 성'이란 뜻으로 하얀 석회층이 기이한 장관을 이루는 문화유산인데 뜨거운 온천수가 분출되며 유독가스도 뿜어내고 있지만, 성지(성스러운 도시, 히에라 폴리스)라고 한다.

비잔틴 시대에는 기독교의 중심지로 발전하면서 성 빌립보 성당이 지어지기도 했다.

그런데 11세기에 터키인이 진출하면서 전쟁터가 되고, 14세기 셀주크 튀르크의 지배를 받게 되었고 그 후로 거대한 지진이 일어나 폐허가 되었다.

파묵칼레

2006년의 우리 일행은 온천물에 발을 담그고 그동안의 여행 피로를 한방에 날려 보냈다. 그런데 요즘엔 열기구를 타고 상공을 즐긴다는데, 우리가 갔을 때는 열기구가 일반화되지 않았던 같다. 우리 눈에 보이지 않았으니까.

(5) **아라랏 산**

터키에는 성서에 나오는 성인들이 많이 살았기에 마치 성지순례를 하는 느낌이 들 정도였다. 노아가 타락한 인간 세상을 하나님이 물로 심판하실 때 쓰임을 받았다.

터키에서 가장 높은 산인 아라랏 산 정상에다 방주를 만들게 하고 8명의 노아 가족과 동물들 한 쌍씩을 타고 대홍수를 면하게 했던 곳이라 전해지고 있다.

또 아브라함의 고향 갈대아 우르도 여기서 멀지 않은 곳에 있는데 지금은 산르 우르파라고 불리는 곳이란다.

(6) 성모 마리아의 집

터키 셀주크에서 7km 떨어진 에베소 인근의 코데소스 산에 자리한 기독교와 이슬람교의 공동 순례지이다.

성모 마리아가 승천할 때까지 사도요한과 함께 머물었던 곳에 기념 교회가 있었다.

(7) 셀축 성 요한 성당

예수가 가장 사랑했던 제자 사도요한을 기리는 성당으로 이곳에서 요한은 에베소서 말씀을 전했다고 한다.

예수의 부탁으로 예수님의 어머니 마리아를 위험한 예루살렘으로부터 셀축으로 피난시켜 어머니처럼 모시고 살았다.

성 요한의 무덤은 십자형 성당의 한복판에 대리석 기둥 4개가 서 있는 곳으로, 지금은 성벽만 남아있다.

터키 에베소 성 요한의 무덤

4. 칠순에 홀로 떠난 유럽 여행

1) 칠순에 유럽을 가다

60살엔 혼자서 통영 앞바다에 떠 있는 외도를 외롭게 다녀왔고, 회갑엔 두 아들이 다니는 북경 교회 청년 사역자 대회가 열리는 홍콩행 열차 안에서 간단히 초코파이 놓고 생일 노래 부르며 교회 청년들의 박수를 받았었다.

금년(2010) 구정(음력설)은 두 아들이 살고 있는 북경에서 보내기로 했다.

손자, 손녀 한복을 설빔으로 마련하고 내 한복도 꾸려갔다. 그리고 두 아들한테 칠순 기념 가족사진을 찍자고 했더니 엄마가 벌써 칠십이냐고 놀랐다.

그리하여 큰아들은 가족사진 찍는 거와 식사를 주동하고, 작은아들은 내게 여행을 보내주마고 했다.

그러면서 어디를 가고 싶으냐고 묻기에 서슴없이 '유럽'이라고 말했다. 그랬더니 알바해서 번 돈 3백만 원을 선뜻 내어주는 게 아닌가!

그때 작은며느리가 부러워하니까, '애들 다 크면 친구랑 다녀오라고' 다짐해 주는 모습에 "역시 내 아들 멋지다!" 했다. 그래서 고마운 마음으로 기쁘고 즐겁게 다녀왔다.

몽마르뜨 언덕 '성심성당' 순교자의 山

2) 「로마의 휴일」을 추억하며

드디어 춥지도 덥지도 않은 계절, 5월 말에 유럽 6개국을 10박 12일로 수박 겉핥기식 여행을 했다.

패키지여행은 몇십 명이 함께 움직이는 것이라 자세히 관광하기란 어려운 것이다. 내가 유럽을 그렇게나 가고 싶었던 이유는 「로마의 휴일」 영화 속의 스페인 광장과 트레비 분수, 파리의 몽마르트 언덕에 있는 '화가의 거리'를 걸어보고 싶었던 것이었는데 그 소원을 이룬 셈이다.

「로마의 休日」에 나오는 진실의 입(오드리 헵번)

– 내가 오드리 헵번

처녀 시절 「로마의 휴일」 영화가 한창일 무렵, 주변 사람들이 나더러 오드리 헵번 닮았다고 해서 더 가보고 싶었는지 모르겠다. 그레고리 펙과 오드리 헵번을 추억하며 아이스크림도 사 먹고 진실의 입에 손도 넣어보고 트레비 분수에 어깨너머로 동전을 던지면서 가슴 벅찬 설렘을 맛보았다.

로마의 트레비 분수

유럽 여행은 주로 버스를 이용하였다. 하루는 버스 안에서 영화 「로마의 휴일」을 보았다. 엊그제 보았던 로마 거리가 화면에 펼쳐져 친근감이 느껴졌다.

스페인 계단, 트레비 분수, 진실의 입 그리고 낯익은 시가지 풍경에 감회가 새롭다.

긴 머리를 짧게 자른 오드리 헵번의 젊은 모습이 발랄하고 깜찍해 보였다. 나의 처녀 시절 별명이 '오드리 헵번'이었다.

벌써 반세기가 더 지난 세월이었다.

아프리카 난민 돕기 운동을 하던 벨기에 발레리나 아가씨가 발목을 다쳐 발레의 꿈을 접고 영화계로 데뷔, 「로마의 휴일」로 일약 대스타가 되었다고 한다. 젊은 그레고리 펙의 미남 모습도 멋지다.

영화가 끝날 무렵 눈시울이 뜨거워졌다.

앤 공주가 조국과 가족을 위해 사랑을 등지는 장면, 사랑하는 여인이 한 나라의 공주이기 때문에 이룰 수 없는 남자의 안타까움, 결국 외로운 공주는 사랑하는 남자를 일생 동안 가슴에 담고 살아야 하는 사랑의 이야기가 슬펐다.

몇 차례나 보았는데도 자꾸 보고 싶은 영화였다.

로마의 휴일

내 인생에

꼭 가보고 싶은 두 곳

'로마의 휴일' 촬영지와

파리 몽마르트 '화가의 거리'를

반세기 만에 찾아갔다

한국의 절두산 같은 순교자의 언덕

장발장이 촛대를 훔친 사크레쾨르 대성당

19세기 인상파, 입체파 화가들과 시인들이

활동하던 데카르트 광장

그 면적이 작아 실망했다

그래도 낭만과 예술의 고향

노천 아틀리에 여기저기서

관광객의 초상화 그리는 모습이

화가의 거리임을 확인시켜 주었다

다음은 스페인광장엘 들러서
당시 영화 장면을 회상하며
아이스크림을 사 먹었다
그리고
트레비 분수에 등을 돌리고 서서
동전을 뒤로 던지며 젊은 날의
'오드리 헵번'이 되어 보기도 했다
소원을 빌면서…

3) 바티칸 시티에 가다

베드로 대성당과 박물관을 들어가려고 아침부터 서둘러 갔으나 벌써 줄이 길게 늘어서 있었다. 줄 서서 기다리는 동안 “반석 위에 내 집을 세우라”는 말대로 반석인 베드로의 무덤 위에 세워진 ‘산피에트로 대성당’을 보았다.

16세기부터 120년 간 공사를 거의 미켈란젤로와 라파엘로가 맡아서 했다 한다.

줄이 어느 정도 줄었을 무렵 가이드가 귀중품 잘 챙기라고 언질을 주고 지나갔다. 이어서 약간 검은 피부의 40대 여인이 인형 같은 아기를 업고 팔에는 숄을 두르고 구걸을 하고 지나가는데 바로 그 여인이 소매치기라고 눈짓을 한다.

어느덧 바티칸 시티 입구로 오니 마치 국제공항처럼 온몸 수색과 짐을 일일이 검색한다.

대성당 안에 들어가 경건한 분위기를 맛보고 특히 시스티나 대성당에 미켈란젤로의 「천지창조」 천장화와 「최후의 심판」 벽화는 실로 장관이었다.

성당 앞에는 12제자의 조각상이 늘어서 있고 베드로가 쥐고 있는 천국 열쇠 모양으로 바티칸 광장이 만들어져 있었다.

시스타나 성당

왜 그렇게 유럽 여행을 갈망하였는지 모르겠다.

모두 사진에서 혹은 영화 속에서 본 곳들인데. 그래도 특별히 가 보고 싶은 곳은 영화 「로마의 휴일」에 나온 스페인 광장, 트레비 분수, 진실의 입 그리고 화가의 거리 몽마르트 언덕이었다.

거기에 덧붙여서 베드로 대성당, 시스티나 성당 속 미켈란젤로 작품들이 보고 싶었다. 또 레오나르도 다빈치의 「모나리자」 미소도 진짜를 보고 싶었다.

미켈란젤로의 「천지 창조」 천장화, 「최후의 심판」 벽화의 그림은 신의 도움이 없이는 완성할 수 없는 작품들이었다. 어찌 인간으로서 그런 그림을 그릴 수 있었을까?

하나님이 미켈란젤로에게 이 그림을 그리고 오라고 특명으로 지상으로 내려보낸 것은 아닐까 하는 생각이 들었다. 신의 능력이 아니면 그렇게 그려낼 수 없었을 것이다.

지붕 없는 박물관 로마를 돌아보고 조상의 덕에 찬란한 문화로 관광 나라가 된 점과 그 예술성과 낭만이 너무 부러웠다.

– 미켈란젤로 곱사등이 되다

베드로 성당 곁에 있는 시스티나 성당에서는 그 유명한 미켈란젤로의 천장화 「천지창조」와 벽화 「최후의 심판」을 보았다. 프레스코기법이라는데 천장에 매달려 어찌 이렇게 아름다운 그림을 세밀하게 그릴 수 있었을까, 감탄하던 입이 다물어지질 않았다. 고개를 들고 계속 천장을 쳐다보려니 고개가 아팠다. 그런데 그 옛날 화가는 천장에 4년 반을 매달려 그리다가 고개 삐뚤이 곱사등이가 되었단다.

미켈란젤로의 「최후의 심판」

완전히 신의 경지에 다다른 작품이다. 성령의 도움 없이는 해낼 수 없었을 것이다. 인간의 능력으로는 불가능한 일이다. 천장화와 벽화가 온 성당을 가득 메우고 있었다.

벽화 「최후의 심판」은 「천지창조」를 그리고 나서 25년 후에 7년이라는 세월에 걸쳐 그렸다는데, 요한계시록을 그대로 옮겨놓았다고 할 만큼 아주 미래 이야기를 잘도 그려놓았다.

구원받은 자와 천사들은 위쪽에, 그리고 지옥에서 발버둥 치는 군중 모습은 아래쪽에 그렸는데 여기서 화가 자신은 천국 백성 끝자락에 겨우 구원받은 모습으로 그려넣어 맨 끝에 대롱대롱 매달려 있었다. 그걸 보고 있자니 섬뜩했다.

이후에 나는 어디쯤 매달려 있을까 아찔하였다.

4) 물의 도시 베네치아

오스트리아 인스브루크를 빠져나와 이탈리아 베네치아로 이동하였다. 거기에 배가 기다리고 있었다.

무명 닻을 올리고 질주하는 바지선에 올라 잠시 「베니스의 상인」을 떠올렸다. 그 옛날 지중해의 상권을 장악했던 시절을 셰익스피어는 글로 잘도 표현해 놓았다. 가히 영국이 보물이라 할 만한 작가였다. 그 당시 베니스는 동서양의 물류, 문화가 만나는 곳이며 물 위에 떠 있는 도시로 교통수단이 선박이었다.

우리 일행이 보트를 달려 운하를 가로지르는 다리 밑을 지날 때는 서울랜드의 바이킹 타는 맛보다 더 짜릿하였다. 운치 있고 아름다운 풍광에 스릴 만점이었다.

배를 타고 달리다가 다리 밑을 지날 때면 뱃사공이 “수구리!” 하고 소릴 질렀다. 알고 보니 한국 관광객을 하도 많이 태워서 다리가 낮아 밑으로 지날 때에 머리가 다리에 부딪힐까 봐 예고해 주는 명령이었다.

우리 일행들 한바탕 웃으며 다리 밑을 배가 지나갈 때 ‘수구리’ 합창을 하자 뱃사공이 돌아보고 웃었다.

코리아의 위상이 새삼 느껴졌다.

베니스 유람선 타고

5) 샹송의 나라 프랑스

슐레 시엘 드 파리(파리의 하늘 밑) 샹송을 학창 시절 많이도 불렀지.

지금 노래 가사는 잊었지만 가수는 이브 몽땅, 에디뜨 피아프로 기억된다.

프랑스 하면 샹송이, 파리하면 에펠탑이 떠오른다.

에펠탑이 보이는 곳에서

프랑스 혁명 100주년을 기념해서 에펠의 설계로 만들어진 박물관이었는데, 철거 위기에 처했으나 전기 송전탑으로 사용할 수 있다하여 보존되었다고 한다.

드디어 고교 시절 화가를 꿈꾸며 동경하던 몽마르트 언덕 '화가의 거리'를 찾았다. 세계 화가들이 모이는 곳이라 큰 기대를 했는데 장소가 좁아서 실망했다.

그래도 동양인 화가를 만나 반가워 말을 걸었더니 일본인이라며 웃는 게 아닌가. 그래서 같이 기념사진을 찍고 손을 흔들어 주었다.

그리고 유럽은 성당(천주교) 문화로 가득 차 있다.

어디를 가든 그 지역에서 가장 큰 듀우모 성당(주교가 있는 대표적인 성당)이 있다. 물론 루터의 종교개혁 이후 개신교가 독일 지역에 자리잡기는 했지만, 어쨌든 유럽은 천주교든 개신교든 기독교 문화가 잘 보존되어 있다.

그리하여 세계 문화의 발상지가 되었으리라!

역사가들은 로마가 하루아침에 이루어진 게 아니라고 말한다. 그러기에 유럽 문화는 수천 년의 역사를 자랑하는 것이다.

샹(밭) 젤리제(낙원) 거리

6) 지붕 없는 박물관

(1) 베르사유 궁전

원래 루이 13세가 지은 사냥용 별장이었으나 1662년 루이 14세가 스스로 태양왕을 자처하며 프랑스 절대왕정의 힘을 과시하려는 의도로 재건축하였다고 했다. 바로크 건축의 대표작품으로 호화로운 건물과 광대하고 아름다운 정원이 당시의 왕궁 생활을 짐작게 하였다.

베르사이유 궁 거울 방에서

루이 15세를 거쳐 신비한 왕녀 마리 앙투아네트를 왕비로 거느린 루이 16세까지 여기에 살았다. 무려 4백 개의 거울이 진열된 '거울

방'엔 수십 개의 크리스털 샹들리에가 천장에 매달려 그 화려함의 극치를 보여 주고 있고 방마다 대리석이 장식되어 있으며, 천장에는 황제의 치적을 그림으로 그려 놓아 위엄을 갖추려 하였다.

그중에 가장 화려하고 아름답게 꾸며 놓은 방은 응접실인데 밤마다 귀족들을 초대하여 파티를 하는 장소였다. 정말 '거울 방'에 들어가니 벽이고 천장이고 온통 거울로 도배를 하여 그 번쩍거림이 황홀하기 그지없었다. 이러한 궁궐의 화려함과 사치, 낭비가 프랑스 혁명에 불을 붙이게 된 것이었다.

(2) 달팽이 요리를 먹다

파리의 현지 가이드 역시 유학생 출신인데 점심을 한국인 식당으로 안내하였다. '크리스티나'라는 간판 옆에 태극기를 걸어 놓아 한국 식당임을 알려 주고 있었다.

외국 나와서 태극기를 보니 새삼 애국자가 된 것 같아 한국인의 자부심이 부풀어 올랐다. 그리고 나라의 소중함을 더 깨닫게 되는 것 같았다.

언젠가 영화 「터미널」에서 자기 나라가 내전 속에서 사라져 오도가도 못 하는 신세가 된 국적 불명의 이방인이 되어 터미널 안에 갇혀 사는 남자를 본 적이 있었다. 내 나라가 있다는 게 얼마나 든든한 배경인가?

식탁에 앉으니 애피타이저로 그 유명한 달팽이 요리가 나왔다. 말로만 듣던 달팽이 요리를 먹게 되다니 그 감동이 즐거움으로 밀려왔다. 달팽이 속살은 이끼 색을 띠고 있는데 마치 고동을 먹는 분위기로 조심스레 빨아먹었다. 고동 맛과 별반 차이가 없었다. 어쨌든 여섯 개 모두를 신기한 듯 빨아서 씹어 삼켰다.

파리 아니면 못 먹어 볼 달팽이 요리였다.

(3) 몽마르트 언덕에서

사실 '몽마르트'라는 말은 순교자의 언덕이라 하여 우리나라 제2한강교에 있는 절두산 생각이 났다. 그 언덕 위에 있는 성심성당은 '장발장'이 은촛대를 훔친 곳이란다.

내가 파리에 꼭 가보고 싶었던 것은 화가의 거리 '몽마르트' 광장을 구경하고 싶어서였다. 그런데 생각보다 너무 작아서 실망하였다.

여고 시절 특별활동으로 미술부엘 들고 방과 후에 남아서 그림을 그렸다. 특히 수채화 그리기를 좋아하였던 내가 미술대학 가기를 원했지만 가정 형편 때문에 포기하였다. 고1 때 창경궁으로 교내 사생대회를 나가서 입선을 하자 모두 내가 미술 전공을 할 줄 알았다. 당시 유학파 미술 선생님이 파리 유학을 가겠다면 주선해 주겠다던 기억이 늘 나로 하여금 '몽마르트' 언덕 화가의 거리를 잊지 못하게 하고 있었다.

몽마르트 광장은 예술의 정취가 물씬 나는 화가의 거리였다. 19세기 말에서 20세기 초까지 화가들의 활동무대였는데 가장 대표적인 화가는 피카소였다. 여전히 수많은 관광객이 찾아드는 명소로 누구나 앉아서 초상화를 그릴 수 있다. 거기서 동양인 화가를 보고 반가워서 다가갔더니 일본인이라면서 친근감 있게 대해 주며 포즈까지 취해 주어 기념 촬영까지 하였다.

지금까지도 멋진 아저씨 고마워요!

지금은 팔레트나 붓을 잡는 것도 서툴러 내가 언제 그림을 그렸던가, 나 자신도 의아해하고 있다.

몽마르뜨 언덕 '화가의 거리'

7) 독일 프랑크푸르트

독일 프랑크푸르트 공항에서 현지 가이드를 만나 호텔에서 하룻밤 묵고 로마광장을 둘러보고 대학도시 하이델베르크로 이동하였다. 거기서 고성(古城)과 성모 마리아 분수에서 '황태자의 첫사랑' 일화를 듣고 고속버스로 오스트리아 인스브르크 모차르트의 고향엘 들렀다.

산속 마을로 마치 우리나라 강원도 대관령 고개처럼 험한 산길을 오르니 산꼭대기에 비취색 호수가 아름답게 펼쳐져 있었다.

모두 환성을 질렀다. 모차르트가 이런 환경에서 태어나 천재 작곡가가 되었나 싶었다.

아, 하이델베르크여!

아, 하이델베르크여!
네카 강에 놓인 옛 다리
'카를 태어토어' 거니는
칸트를 만나러 왔다네

저 건너 우뚝 솟아있는 古城
다 해어진 전투복처럼
빛바래 무너져 내린 붉은 사암성곽
그 아래 자비로운 눈빛의 마리아상 서 있네

강물 따라 펼쳐지는 구시가지
여기저기 흩어져 있는 대학 건물들이
독일 젊은이들 꿈의 무대 '뢰머 광장'
둘러보는 내 가슴에 신선하게 다가온다

지금도 프랑크푸르트의 빌딩 숲에서
꿈과 사랑을 노래한 '황태자의 첫사랑' 거리에서

낡은 교회당 첨탑 은빛 종소리에서

괴테의 ‘베르테르의 슬픔’이 들리는 듯하다

8) 버킹엄 궁전의 영국

1703년 버킹엄 공작 존 셰필드의 저택으로 지어졌는데, 1761년 조지 3세에게 양도되어 새로 증 개축을 하였다.

그 후 1837년 빅토리아 여왕 즉위식 때 궁전으로 격상, 명실공히 영국 왕실로 자리매김하게 되었다.

커다란 호수와 대 정원, 수많은 방과 욕실을 갖추고 있으며 왕궁 근무자가 무려 450명이나 되고, 연간 4만여 명의 손님들이 찾아온다고 한다.

궁전 내외를 호위하는 담당 근위병 교대식은 관광객들의 볼거리로 유명하다.

순간, 우리나라 덕수궁 앞에서의 옛 왕실 근위병 교대식 모습이 떠올라 초라하기 그지없는 마음에 서글픔이 밀려왔다.

– 런던 하이드파크의 추억

버킹엄 궁 옆에 있는 가장 큰 시민의 공원으로 원래 헨리 8세의 사냥터였으나 자크 1세가 공원으로 바꾸어 400년 역사를 지닌 왕립 국립공원이 되었다.

공원 안쪽에 호수가 있는데 주말에는 시민들이 뱃놀이를 즐긴다.

특히 이 공원은 영국 다이애나 황태자비가 생전에 조깅과 산책을 즐겨 하던 곳이었다. 그렇게 유서 깊은 곳을 내가 와서 거닐고 있으니 이 얼마나 기분 좋은 일인가.

또한 공원 전체가 잔디로 덮여있고 꽃의 종류도 다양해서 무척 아름다워 낙원을 연상시켰다. 여기저기 흩어져 있는 거목들도 가히 장관을 이루고 있었다. 바로 그 거목 아래 대학교수로 보이는 신사 한 분이 앉아 책을 읽고 있었다.

우리 일행 외에는 지나는 사람도 없어서 기념사진을 함께 찍어도 되겠냐고 했더니 흔쾌히 응해주었다.

런던 파크에서 노교수와 함께

감히 동양 여자가 함께 기념사진 찍겠다고 덤비다니 무시해 버릴 수도 있었는데 신사의 나라답게 미소로 답해 준 그 신사를 지금도 잊을 수가 없다.

아마도 여행 가서 이런 사진 찍은 사람은 나밖에 없으리라.

9) 유럽 여행을 마치면서

워낙 여행을 좋아하는 나로서는 늘 그리던 여행길이었다.

평생을 살면서 일생일대의 소망이었던 유럽 여행을 작은아들 덕에 칠순 기념으로 다녀왔다.

동료 교사나 친구들은 퇴직하자마자 거의 다 유럽 여행을 다녀왔기에 나 혼자 젊은 사람들 패키지에 묻어 다녔다. 그래서 따라다닐 때도 거의 혼자 움직이며 사진 찍을 때는 곁에 있는 아무에게나 "프리즈!" 하고 부탁하면 기꺼이 응해 주었다.

역시 유럽은 친절한 신사의 나라다웠다.

5. 동남아, 호주, 뉴질랜드

내가 칠순 여행을 하고 오니 우리 동네 영어 반에서 자기들도 함께 여행을 가자고 성화를 해서 가까운 나라 필리핀을 선택하고 여행사에 신청을 하였다.

그리하여 우리 일행 10명이 필리핀 마닐라로 4박 5일 패키지여행을 다녀왔다.

일행 중에는 비행기를 처음 타본다는 젊은 친구가 있어서 놀랐다.

아직도 해외여행이 대중화가 되지 않았구나 생각하였다. 특히 비행기 타고 맘이 들떠서 기뻐하며 신기해하는 모습을 보니 여행을 추진하기 잘했다는 생각이 들었다.

그리하여 필리핀 마닐라 여행을 시작으로 해마다 해외여행을 다녀왔다. 가까운 중국과 일본은 물론 호주, 뉴질랜드 남북 섬, 동유럽, 러시아, 스페인을 차례로 다녀왔다.

그러면서 10년이라는 시간이 지나갔다. 또 틈틈이 국내 여행도 다녔으니 여행광이랄 정도로 여행을 많이 다녔다.

1) 필리핀 마닐라

영어반 친구들과 여름 나라 필리핀을 여행하고 왔다. 수도 마닐라는 밀림 속에 파묻힌 도시였다. 가로수는 열대과일로 늘어서 있고, 1년 12달 사계절 없이 더운 나라, 더운 도시를 체험하러 온 것이었다.

우리 일행은 마닐라공항에 내려 가이드 아저씨를 만났다. 그런데 가이드가 여행사에 얼마씩 주고 왔냐고 하길래 사실대로 얘기했더니, 놀라면서 그 가격에 여기 온 여행객이 없다고 했다. 그래서 우리는 여행사를 잘 택하였구나 생각했다.

그리고 여행사가 떠나기 전에 제시한 현지 가이드가 4일간 쓸 경비를 우리 일행이 거두어 주었는데, 여행사에 준 경비보다 조금 더 들었다. 그래도 우리 일행은 만족해하였다.

라마다 호텔도, 계곡에 있는 야외온천도, 따가이따이 화산지대, 팍상한 폭포, 원시림 속의 산책도 신선놀음이었다. 또 전신마사지를 받고 피로를 풀면서 귀부인 노릇도 해보았다.

도시 거리엔 지포니 버스, 트라이 사이클이 뒤엉겨 다니고 작은

뒷길에는 페디카 자전거와 관광객 태우고 다니는 깔레다 마차가 주류를 이루고 있었다.

마닐라 산 위 온천

(1) **따가이따이 화산**

세계 100대 여행지에 포함되는 복식 구조의 화산을 일컫는다.

화산의 분화구에 칼데라라고 하는 호수가 있는데, 따가이따이는 그 호수 가운데 솟아있는 자그마한 미니화산을 하나 더 가지고 있어 화산 속의 화산이라고 해서 복식 화산이라고 한다. 미니화산의 정상에도 작은 호수가 있어 활화산이니만큼 여기저기서 연기가 모락모락 피어오르는 것을 볼 수 있었다.

우리 일행은 화산 올라가는 게 힘들다고 가이드가 안내하는 대로 조랑말을 타고 올라갔다. 정상에 올라가서는 장사꾼들의 권유에 따라 파파야 열매로 목마름을 달랠 수 있었다.

(2) 팍상한 폭포

세계 7대 절경의 하나에 속하며 폭포 낙차가 100m에 이른다. 「지옥의 묵시록」 촬영지로도 유명한 마닐라 근교의 투어의 꽃, 팍상한 강을 따라 작은 보트를 타고 상류로 올라가는 것이 투어 코스다.

기다란 통나무 보트를 사공들이 배에서 내려 밀고 거슬러 올라가는데 그것을 보고 있노라니 참 돈벌이 방법도 가지가지구나 하며 좀 미안하고 안쓰러운 생각이 들었다.

그때 앞에 펼쳐지는 정글 속을 뗏목으로 갈아타고 폭포 안으로 들어갔다 나오는데 옷이 흠뻑 젖었으나 여벌의 옷을 챙기지 않아 그냥 젖은 채로 다녔다. 그리고 뱃사공들에게 팁을 주는데 우리는 가이드가 주라는 액수만 주었다. 그런데 가끔 한국 사람이 뱃사공들 측은하다고 더 주는 경우가 있어 가이드들이 난처하다고 했다.

관광객들이 계속 올 텐데 팁 가격을 자꾸 올리게 되면 곤란하다고 그러지 않았으면 좋겠다고 고충을 털어놓았다.

발리 섬

야자수 바다 위로
신(神)의 섬이 떠올랐다

거기 일 년 열두 달
피어 있는 꽃나무 정원은
인도양 해변 거니는
초로의 세월 열 사람을
그대로 삼켜 버렸다

제주도 세배 된다는 정글
'빠삐용' 촬영지 절벽 사원과
드라마 속 '하지원 계단'
모두 물속에 빠져 허우적거릴 때
바나나 보트의 스릴은 최상이었다

하지만 더 환상적인 것은
호텔 방 베란다에 늘어진 야자수

부채처럼 펼쳐진 파초 이파리 수영장

이름모를 새소리와

수많은 꽃나무 정원이었다

그래도 에덴동산만 하랴

하늘 위 낙원이 기대된다

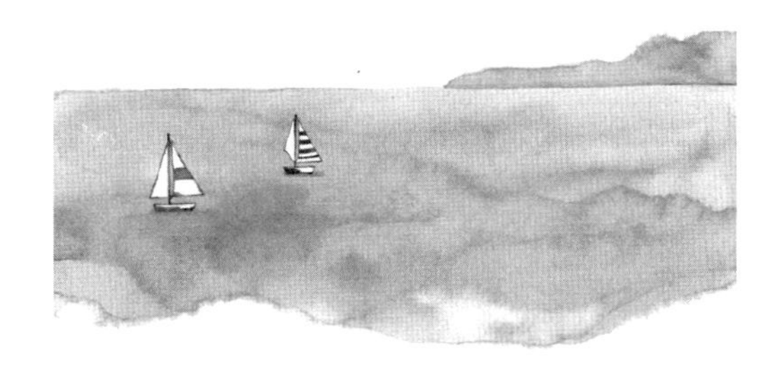

2004. 초겨울

2) 베트남

무릎 관절이 불편한데도 연초에 예약한 거라 서둘러 떠났다. 과로하지만 않으면 계속 걸어 주는 게 다리 건강에 좋을 듯싶었다. 새벽 4시 상계 백병원 앞 공항 리무진 타는 곳에 5명이 모여 하는 말, '여행은 어디로 가느냐보다 누구랑 가느냐'가 중요하다며 얼마 전 트럼프와 김정은이 회담 장소로 잡은 하노이에서 왜 회담이 결렬되었는지 알아봐야겠다고 입을 모으며 까르르 웃었다.

또 박항서 감독을 향한 베트남의 축구 열기와 감격을 느껴 보자고 우리 일행 아침 8시 20분 출발하는 아시아나에 몸을 실었다. 꼬박 5시간 걸려 하노이 공항에 도착하니 현지 시간 3시 30분, 베트남 아가씨 마중받아 공항을 나가니 한국인 남자 가이드가 기다리고 있었다. 외국에서 가이드 하려면 현지 가이드를 반드시 동행해야 하는 세계 각국의 제도가 따른 것이다.

41세의 이영준이라는 가이드는 11년째 베트남 생활을 하고 있는데, 부산 여자와 결혼했다가 1년 만에 헤어져 그 충격으로 세계 여행을 다녔고, 베트남이 좋아 정착하여 지금은 베트남 여자와 결혼해서 살고 있다고 했다. 아들 하나 있는데, 부모님이 키워주고 계시고 가끔 보러 간다고 했다.

하롱베이 앞바다에 떠 있는 키스섬

순간 나이 큰아들 생각이 났다. 중국 여자와 17년을 살다가 헤어져 지금은 한국에서 직장 생활을 하고 있으며, 유튜브 1인 방송을 하면서 강연가의 꿈을 키우고 있다.

하노이 공항 옆 식당에서 그 유명한 베트남의 명물 쌀국수로 늦은 점심을 먹고, 버스로 다시 4시간을 이동해서 저녁을 먹고 호텔로 들어가 첫날 숙박을 하였다. 우리는 2인방, 3인방을 잡아 신나게 놀다가 잠을 청했다.

3) 호주와 뉴질랜드

(1) 시드니 오페라 하우스

처음부터 호주에 가면 시드니 오페라 하우스를 보러 가는 것이다.
오스트레일리아 남동해안을 끼고 있는 아름다운 항구인데 시드니 항은 지금은 가장 거대한 대도시가 되었다.
19c 초 영국의 유배지로 세워졌고, 최초의 개척자들이 내륙으로 들어오기 전 벌써 무역 중심지가 되어있었다.

시드니는 수상 스포츠와 유락시설, 문화생활로 널리 알려졌고, 항만의 남동쪽에 세워진 오페라 하우스는 극장, 음악당을 갖춘 곳으로 공연 예술의 중심지이다.

오페라 하우스 배경으로 바닷가에 노천 카페가 늘어서 있어 관광객의 발길을 멈추게 하였다. 우리 일행은 커피나 주스를 각기 손에 들고 바닷물이 만져질 만한 거리의 벤치에 비스듬히 앉아 하늘을 올려보며 음악 도시의 정취를 만끽하였다.

시드니 오페라 하우스

언제 다시 이곳을 와보겠는가, 특히 밤 시간에 노천카페에 앉아 바닷소리를 들으며 가까운 친구들과 정을 나누겠는가, 제각각 상념에 젖어 시간 가는 줄 모르고 하늘을 바라보았다.

도시의 불빛에 별빛은 멀어 보였지만 그야말로 우리 인생에 힐링이 되었다.

(2) 뉴질랜드 남북 섬

세계적으로 목축이 발달한 나라이다.

자동차를 달리다 보면 곳곳에 펼쳐진 넓은 초원에서 여유롭게 풀을 뜯고 있는 소나 양을 보게 된다. 우리 일행도 목장을 찾아가 소와 양을 관찰하게 되었다. 날이 안 좋아 비가 오락가락해서 여행 온다고 멋지게 차려입은 한 친구는 추워 벌벌 떨었다. 학생들 체험학습하듯이 이리저리 목부들의 차를 타고 이동하며 양들을 가까이 보았는데 털이 깨끗지는 않았다.

뉴질랜드는 여름이 서늘해서 가축이 먹을 수 있는 풀이 무성하고, 풀 사료를 재배하는 기후로는 최상이라 하였다.

영국 식민지일 때 뉴질랜드를 '영국의 고기 창고'라고 불렀다고 했다. 북섬은 불의 섬, 남섬은 얼음 섬이라고 부른다.

북섬은 화산지대로 온천이 많고, 남섬은 빙하가 만든 계곡과 호수가 있다. 특히 피오르드 랜드 국립공원은 경관이 아름다워 많은 관광객이 찾아온다.

우리 일행은 북섬의 유황혼천 지역을 돌아다녔는데 수건을 쓰고 유황 냄새를 피해 다녔던 기억이 난다. 또 남섬을 둘레길 돌듯이 걸어 산책을 하였는데 빙하가 녹아 호수가 된 그 물이 얼마나 맑았는지 물에 비친 경치가 황홀하여서 발을 멈추고 주저앉아 구경을 하였다.

뉴질랜드 북섬 유황온천

뉴질랜드 남섬 거울호수

또 빙하 녹은 물은 산 위에서 흘러내려 온 물이라 먹을 수 있다고 해서 손으로 움켜 마시고 냇물을 병에 담아 숙소로 들고 오기도 하였다. 그곳 경치가 너무도 아름다워 살아있는 동안엔 잊을 수가 없을 것 같았다. 그야말로 거울 같은 호수였다.

6. 동유럽과 러시아

1) 오스트리아

알프스 산맥에 걸쳐 있는 나라, 수도는 빈(비엔나)으로 관광산업이 발달되어 있다. 우리는 영화 「사운드 오브 뮤직」 배경을 보고 싶었고, 모차르트 거리를 활보하고 싶었다.

(1) 미러벨 정원

궁전보다 더 유명한 미러벨 정원은 프랑스식으로 복원되었고, 북문 앞에 있는 청동 페가수스상과 북문 계단은 이미 우리에게 잘 알려진 영화 「사운드 오브 뮤직」에서 「도레미송」을 부르던 촬영지라 관광객들이 많이 찾아오는 곳이란다.

우리도 공원을 돌면서 영화의 주인공이 되어보기도 하고, 도레미송 노래를 불러보기도 하였다.

「사운드 오브 뮤직」 장소, 미러벨 정원

(2) 모차르트의 집

미러벨 정원 남문 앞 마르크스광장 근처에 자리하고 있는 모차르트 집은 17세부터 6년간 가족과 함께 살던 집인데, 모차르트와 그의 누나가 집을 떠난 후에는 아버지 혼자 살다가 숨을 거둔 곳이라고 했다.

그리고 매년 모차르트 출생지인 잘츠부르크에서는 모차르트를 기념하는 축제가 열리고 있다. 각종 음악회가 공연되는데 거의 모차르트 음악으로 짜여 진행되고 있다고 한다.

모차르트 거리

2) 체코 프라하

(1) 구시가지 광장

1948년 공산당의 수장 코트박트가 8만 명의 군중이 모인 프라하 시민에게 체코슬로바키아 민주공화국 몰락을 선언하고 체코 공산국가가 되었다. 그리고 그 후 1968년 '프라하의 봄' 당시에는 소련군 탱크가 이곳 구시가지 광장 안까지 들어왔다고 했다.

광장을 둘러싼 건물 양식은 고딕, 로마네스크, 르네상스, 바로크, 로코코, 아르누보 양식으로 되어있어 유럽의 건축 박물관이라 불리고 있다. 그야말로 광장 한가운데 서서 사방을 둘러보니 아름다운 건물들이 빛을 발하고 있었다.

내가 동유럽 여행을 신청하면서 체코에 관심이 많았다. 드라마에 『프라하의 연인』이 연재되기도 했지만, 민주화운동 '프라하의 봄'을 겪은 나라였기에 동병상련의 마음이 있었다.

과연 구시가지 광장엔 구경거리가 많았다. 낮에는 시장거리로 돌아다니며 과일을 사 먹고 저녁을 기다렸다.

밤이 되어야 광장에 많은 사람이 모여서 천문시계 울리는 소릴 들을 수 있기 때문이었다.

(2) 천문시계

프라하 구청사 천문시계

체코 프라하의 명물이었다. 일부러 이 천문시계 소리를 듣고 보려고 여행 오는 사람도 있을 것이다. 1490년 하누슈라는 시계 거장에 의해 제작되었는데, 당시 시의원들이 다른 곳에 가서 똑같은 시계를 만들까 봐 그 장인의 눈을 멀게 했다고 한다. 그 후에 그 시계공 하누슈는 복수를 하기 위해 시계에 손을 집어넣어 시계를 멈추게 했다는 설이 전해지고 있다.

그 후 여러 차례 수리하였고, 지금은 전동장치에 의해 움직인다고 했다. 천문시계 앞에는 채 1분도 안 되는 시계 울림을 보기 위해 전 세계인이 시시각각으로 모여들었다. 우리 일행도 그 속에 끼여 고개 아픈 것도 모르고 머리를 들어 시계탑을 향해 올려보고 있었다.

시계가 정각을 알리면 오른쪽에 매달린 해골이 줄을 잡아당기면서 반대편 손으로 잡고 있는 모래시계를 뒤집는 동시에 두 개의 문이 열리면서 각각 6명씩 12 사도들이 줄줄이 지나가고 황금 닭이 한 번 울고 나면 끝이 난다고 하였다.

나는 친구랑 열심히 올려봤는데 자세히 볼 수가 없었고, 문이 열리고 줄줄이 사도들이 걸어 지나가자 닭소리인지 한 번 콕하고 소리 나자 끝이 났다고 했다. 너무 아쉬웠다.

3) 러시아 상트페테르부르크

예전 같으면 상상도 할 수 없는 러시아 관광엘 나섰다.

영어반 친구들은 바짝 긴장한 눈치였다. 사회주의 국가, 다시 말해 공산주의 산실이었던 크레믈린 궁 구경을 하게 된 것이었다. 러시아의 수도 모스크바는 대륙성기후로 춥고 건조하고 여름철에도 서늘하다.

이러한 기후와 환경이 러시아에 많은 작가를 탄생시킨 요인도 되었으리라. 나는 여고 시절 도스토옙스키의『죄와 벌』에 빠져 세 번씩이나 읽은 적이 있었다. 어른이 되어서는 보리스 파스테르나크의 영화「닥터 지바고」에 흠씬 빠져 비디오테이프를 사서 여러 번 돌려 보기도 하였다. 그 밖에 톨스토이의 부활 등 여러 작품을 읽으면서 러시아의 대문호 탄생을 부러워하였다.

모스크바는 붉은 광장을 중심으로 러시아의 상징인 크레믈린 궁, 굼 백화점(3층의 최대 규모), 러시아 정교회 바실리성당, 레닌 묘 등 유명한 관광 명소가 다 한 곳에 모여있었다.

크레믈린 궁전 안에 대통령 궁이 있고 또 사방을 빙 둘러싸고 우스펜스키 사원, 12사도 사원 등이 있는데 각각 독특한 형태였다. 특히 성 바실리성당은 6년간 건축했다는데, 9개 양파형 돔으로 이루어진 다양한 색채와 무늬를 가진 아름다운 건물이었다. 그 색채의 아름다움에 사진 찍기에 여념이 없었다.

(1) 겨울궁전(에르미타쥐 국립박물관)

파란 하늘과 연옥색의 건물이 만나니 환상적이었다. 궁전 가까이 다가가니 금빛 장식과 섬세한 조각들이 건물의 겉모양을 꾸며주고 있었다. 조각상 하나하나가 각기 다른 모양을 하고 있었는데, 총 6개의 건물 중 1개의 건물이 박물관이라 했다.

건물이 아름다울 뿐 아니라 방마다 벽이고 천장이고 온통 금빛 조각품으로 전시되어 각 방의 특성을 보여주고 있었다.

겨울궁전 배경으로

예카테리나 2세 여 황제는 예술 방면에 관심이 많아 유럽 화가의 그림을 마구 사들였다고 한다. 특히 프랑스 화가들, 반 고흐, 르누아르, 폴 고갱, 레오나르도 다빈치, 라파엘, 루벤스, 폴 세잔, 모네,

렘브란트(네덜란드)의 그림들인데 그때부터 수집한 그림들이 지금은 300만 점이나 된다고 했다.

너무 그림이 많아 그림 1장 보는데 1분만 잡아도 125개의 전시실을 다 돌려면 5년을 걸려야 한다고 했다.

(2) 사형수 아버지와 딸

우리 일행은 하루에 수박 겉핥기식으로 구경을 해야 했다. 그러한 가운데 유난히 나의 눈길을 끌었던 그림은 한 노인에게 젖을 물리고 있는 여인의 그림이었다.

나중에 사연을 듣고 나서야 감동을 받았다. 독일의 궁중화가 루벤스가 그린 그림인데, 중남미에 있는 작은 나라 푸에르토리코의 자유와 독립을 위해 싸운 투사 이야기였다.

루벤스의 그림

독재 정권은 이 노인을 체포해 감옥에 가두고 가장 잔인한 형벌로 '음식 투입 금지'를 해서 노인을 서서히 굶어 죽게 만들었다. 그때 해산한 지 얼마 안 된 딸이 아버지의 임종을 보러 와서 마지막으로 아버지에게 해줄 것이 젖을 주는 일밖에 없었던 것이었다.

사형수 아버지에게 젖을 물리고 있는 딸의 심정을 아는지 모르는지 간수들이 창문을 통해 바라보고 있는 장면을 그린 그림이었다.

같은 내용의 또 다른 그림은 푸에르토리코 국립 미술관에 걸려있어 푸에르토리코인들은 민족혼이 담긴 최고의 예술 작품이라 여기며 나라 사랑의 긍지를 갖는다고 했다.

(3) 황금 공작시계

파빌리온 전시관에 들어가니 커다란 유리 상자 안에 황금빛 공작새가 부엉이와 같이 박제처럼 황금나무에 앉아 있었다. 거기에 다람쥐와 수탉이 있고, 나무 밑동에는 붉은색의 버섯 비슷한 납작한 차임벨이 있었다.

설명에 의하면 18세기 후기에 영국 기계 공학자 '제임스 콕스'가 제작한 것을 예카테리나 2세가 사 들여왔다는데 4시간마다 공작새가 날개와 깃털을 펴면서 울었으나 현재는 특별한 날에만 울게 만들었다고 한다.

그 특별한 날이 매주 수요일 7시라는데 우리는 그 시간까지 있을 수 없어 그냥 나왔는데 나중에 다녀온 사람 이야기를 들으니 재미있었다.

수요일에 그 시계 소리를 들으려고 두 시간 전부터 자리를 지키고 있으니 7시 조금 전에 직원 아저씨가 그 유리 상자 안으로 들어가 시계태엽을 틀어서 종소리를 내니 그와 동시에 새장이 돌아가고 부엉이가 좌우로 머리를 움직이고 공작새가 날개를 펴면서 한 바퀴를 돌면 수탉이 꼬끼오 두 번 울고 나면 끝이 난다고 하였다.

그런데 실제로 시계 소리는 나무 밑동에 있는 붉은 색 버섯 모양의 차임벨에서 나는 거였다고 했다. 직접 구경하였더라면 신기했을 것이다.

(4) 여름궁전과 귀국길

여름궁전을 구경하러 가서 놀란 것은 백여 개의 분수가 뿜어내는 물줄기였다. 표트르 1세가 구상하고 약 14년 동안 건축하여 144개의 분수와 가로수 길을 만들었다.

소궁전과 야외 조각들의 웅장함이 아름다운 7개의 정원으로 꾸며져 있고 정원마다 분수가 늘어서 있어 대분수는 운하로 이어져 핀란드 만까지 연결되어 있다고 했다.

여름궁전

얼마나 오래전부터 수로 사업이 발달했으면 몇백 년 전에 세운 궁전의 물줄기가 운하를 통해 바다로 흐르게 만들었을까?

역시 거대한 국가의 발달된 문화생활을 다시금 느낄 수 있었다. 그 풍경을 다 카메라에 담을 수는 없지만 어쨌든 그 아름다움을 사진 몇 장에 남기고 귀국길에 올랐다.

상트페테르부르크 공항으로 가서 짐을 부치고 모스크바 공항에서 각자 짐을 찾아 인천으로 보내야 하는데 우리 일행 중 한 친구가 캐리어 한쪽 옆이 칼로 그어져 나왔다고 했다. 그 친구는 여행 올 때 새로 사 온 겉옷이 없어졌다고 야단을 했다. 공항 직원과는 말도 안 통하여 우리 여행사에 연락했더니 한국에 와서 신고해 달라고 해서 캐리어 값을 보상받게 하였다. 여러 곳을 여행 다녔는데 이런 일은 처음이었다.

7. 스페인 골목 순례

10월 중순에 6박 8일의 스페인 여행을 떠났다.

바르셀로나 공항에서 현지 가이드 50대 한국인 여인을 만나 꼭 닷새를 새벽부터 밤까지 안내를 받으며 쫓아다녔다.

걸음이 너무 빨라 다리에 병이 날 정도였다. 그도 그럴 것이 그 넓은 스페인 땅을 북쪽 도시 바르셀로나에서부터 남쪽 항구 도시 마드리드까지 관광시켜야 하니 어찌 서두르지 않을 수가 있으랴.

특히 기억에 남는 것은 올림픽이 열렸던 바르셀로나 체육관 경기장 앞에 우리나라 대표적인 마라토너 황영조의 조각이 새겨져 있었고, 그로 인해 두 나라가 자매결연을 맺은 표징이 있어 감격스러웠다.

순간 일제 강점기에 손기정 선수가 베를린 올림픽에서 1등을 했으나 가슴에 일장기를 달고 뛰었기에 일본 선수의 승리가 된 것이 속상했었다. 당시에 주권 없는 설움을 토로한 일이 생각나 손기정 선수의 정신을 황영조 선수가 계승한 것 같아 숙연한 느낌이 들었으나 기분이 좋았다.

성 가족 성당

또한 바르셀로나에는 스페인이 낳은 천재 건축가 가우디의 작품인 '사그리다 파밀리아 성 가족 성당(가우디 성당)'이 있어 세계 관광객들의 눈길을 끌고 있었다.

가우디가 31세에 짓기 시작해서 43년을 공사하고 죽었는데, 그 후배들이 그가 남긴 설계도로 130년간을 계속 짓고 있다고 한다. 예수 탄생, 예수 수난, 예수 영광 세 주제로 설계되었는데, 내부에는 숲속에 와있는 것처럼 나무와 꽃들이 디자인되어 있다고 했다. 그러나 아직은 일반인들에게 내부 관광이 제한되어 있었다.

예수와 육신의 아버지 요셉과 어머니 마리아를 아울러 조각해 놓아 성 가족 성당이라 불린다.

거의 전국에 이슬람 문화의 잔재가 남아있어 어디를 가나 회교사원을 볼 수 있었는데, 그 내부의 오색 유리로 꾸며놓은 아름다움은 형언하기 어려울 지경이었다. 아라비아 사람들 손재주와 기술이 그렇게나 뛰어난 줄을 이번 여행에서 새삼 느끼고 왔다.

오래전 이슬람교는 철수했지만, 회교사원 문화는 아직도 살아있어 기독교 문화를 보듬고 있었다.

어딘가의 큰 회교사원 안에는 정 가운데에 기독교 성당이 세워져 있었다. 참 아이러니가 아닐 수 없었다.

특히 톨레도 대성당은 중세기에 시간이 멈춰 있는 듯 웅장하고 아름다웠다. 또 세비야 대성당은 세계에서 세 번째로 큰 성당으로 콜럼버스의 관이 있는 곳인데, 콜럼버스를 외면했던 왕들로 인해 '죽어서도 스페인 땅을 밟지 않겠다'는 뜻을 받들어 땅에 묻지 않고 성당 천장에 들어 올려있었다.

콜럼버스를 환영하고 지원했던 두 왕은 앞쪽에서 고개를 떳떳하게 들고 서있었고, 그를 배척했던 두 왕은 뒤쪽에 서서 고개를 숙인 채 관을 어깨에 메고 역사 속에 언제까지나 그 모습을 유지하게 하고 있었다.

스페인 전국을 순회하면서 골목 문화를 빼놓을 수 없는데, 심지어는 집 안의 정원과 골목에 설치해 놓은 꽃들로 동네별 시상을 하고, 가장 잘 꾸민 가정집을 1, 2, 3등을 정해 명예를 부여한다는 것이었다. 관광 유치하는 방법도 될 수 있겠다 싶었다.

또 콘수에그라 풍차 마을도 인상적이었다.

세르반테스의 장편 소설 『돈키호테』 작품 속에 등장하는 풍차 마을로 한 집을 정하여 '돈키호테'와 그를 따르는 '산초'가 말을 탄 채 마당에 서있고, 그 당시의 도구들을 모두 갖추어 놓고 관광객들의 눈길을 사로잡고 있었다.

사실 스페인 하면 산티아고 순례 길을 연상하게 된다. 나 역시 그 길을 한번 순례하고 싶었다. 좀 더 일찍 서둘러 60대에 갔더라면 한

번 도전해 보았을 것이다.

그러나 아무리 젊게 살더라도 80이 낼모레인 내가 강행하다 무리해서 병이 나면 주변에 누가 될까 봐 희망을 접었다.

돈키호테 집 앞에서 친구와 즐거운 만세를 불렀다.

8. 추억의 숲

1) 처녀 시절 일본 유학

(1) 남녀 혼탕에 놀라다

갑자기 일본 유학을 가게 되어 마음의 준비가 안 되었지만, 대충 옷가지를 챙겨 캐리어를 끌고 가족의 전송을 받으며 김포공항에서 출발하였다. 쫓기듯 떠나는 유학길이라 서운하기도 하고 좀 두려웠지만, 새로운 세상을 보게 되는 거니 기쁜 마음으로 가기로 했다.

언니는 나에게 그림을 잘 그리니까 일본에 가서 디자인 공부를 하라고 했다. 내가 서울 사범대 다닐 때 창경궁으로 사생대회를 갔는데, 거기서 수채화로 우수상을 탄 것을 알 리가 없는 언니가 어떻게 내가 그림 그리는 것을 알았을까? 생각해 보니 가끔 조카들 미술 숙제를 해주었던 기억이 났다.

어쨌든 스물다섯 살 처녀가 처음으로 외국엘 나가는 것인 데다가 새로운 세계를 만난다는 호기심에 설레기도 하였다.

동경 하네다공항에서 일본 냄새를 맡으며 새로운 환경에 적응하는 하노라 두리번거리고 있는데, 마침 지사장이 마중을 나와서 그의 집으로 안내되었다. 40대 후반으로 보이는 조금은 뚱뚱한 편인 아저씨였다. 그가 나에게로 다가와서 먼저 인사를 하였다. 사진으로 내 얼굴을 알고 있었다며 형부의 연락을 받았다고 했다.

그리하여 나는 형부의 후원으로 동경지사장 집에서 홈스테이하고, 지사에서 아르바이트를 하며 동경 생활을 시작했다.

김 지사장의 집은 동경 중심에서 좀 떨어진 신바시(新橋)였는데 아침마다 나를 태우고 신주쿠(新宿)에 있는 지사 사무실로 출근하였다. 지사 사무실에는 내 또래의 조선족 여직원이 있었는데, 나의 동경 생활에 많은 도움을 주었다.

동경 온 지 며칠 안 되어 동네 목욕탕엘 같이 갔는데 탈의실 카운터에 남자가 앉아있는 게 아닌가, 가운데 커튼을 쳐놓고 양쪽을 다 볼 수 있게 되어 있었다. 내가 놀라 옷을 못 벗고 주저하고 있었더니 그 친구 말,

"옷 다 벗으면 누가 누군지 몰라. 좀 있으면 아줌마가 교대할 거야."

하며 자기 몸으로 가려주어 겨우 옷을 벗고 들어갔다.

또 탕 안에 들어가서 그 친구 하는 말,

"'하꼬네'라는 곳에 가면 정말 남녀가 같이 목욕하는 혼탕이 있는 걸." 말하며 웃는다.

나는 놀라서 말이 안 나왔다. 남녀가 같이 목욕하는 곳이 있다니 기가 막혀 상상이 안 되었다.

과연 나올 때는 아줌마가 카운터를 보고 있었다.

지사장 집에서는 나무로 만든 가족탕에서 순서대로 밤마다 목욕을 하였다. 그게 일본식 전통인 것 같았다.

(2) 의대생과 漢字로 대화

지사장한테는 의대 다니는 남동생이 있었는데, 오사카에 있는 대학교라 기숙사 생활을 하다가 주말에는 집에 와서 가족과 함께 보내었다. 내가 가서 처음 맞는 주말에 그 동생이 와서 인사를 나누고 같이 식사를 하였다. 언제나 주말에는 커다란 쇠판에 해물을 익히고 그 위에 채소를 얹어 볶다가 삶아놓은 국수를 섞어 야키소바(볶음국수)를 해 먹었다. 한국에선 못 먹어 보던 별미라 맛있게 먹었다.

그리고 저녁 식사 후에는 의대생 동생과 차를 마시며 이야기를 하게 되었는데 말문을 트기가 멋쩍어 서로 쳐다보며 웃다가 드디어 종이와 펜을 챙겨 와 한자를 쓰며 뜻을 통하게 되었다. 한자가 공통 언어가 된 것이다. 그는 나에게 4.19 혁명에 관해서 물어 왔다.

나는 내가 경험한 것과 보고 들은 것을 손짓 발짓에 영어와 한자를 써가며 설명해 주니 그가 고개를 끄덕였다. 남북 이념 문제는 지사장이 조련(朝聯)이 아니고 민단(民團)이었기 때문에 큰 마찰이 없었다.

(3) 와세다 대학 캠퍼스를 밟다

나는 일본 말을 배우기 위해서 지사장의 주선으로 와세다 대학 어학 연수원을 다니게 되었다. 특히 지사장의 의대생 동생과 가까이 지내며 소통하기 위해서 열심히 일본 말을 배웠다.

어학원에서 외국 학생들에게 일본어를 가르치는 오오무라(大森) 선생님은 부인이 북한 여성이라 조련에 속했는데, 남북 관계없이 한국 유학생들에게도 일본어를 가르쳐 주었다.

한 달쯤 지나니 생활 용어는 어느 정도 따라 할 수 있었다.

가끔 택시를 타면 내 발음에 '이나까(시골, 지방)'에서 왔냐고 물을 정도였다. 약간 서툴러 지방 사투리인가 물어본 것이니 뜻은 통한다는 거였다.

이제 거리를 혼자 다녀도 겁날 게 없었다. 쾌재를 불렀다.

지사 사무실에서 점심시간이 되면 거리 구경을 나갔는데, 신주쿠 거리는 파친코 세상이었다.

길거리에 기계가 있어 사람을 기다리는 잠깐 동안 동전을 넣고 손가락을 움직이기만 하면 동전이 쏟아져 즐거움을 준다. 물론 안 나오는 적이 더 많지만, 큰돈 드는 게 아니니까 그냥 오락 수준으로 할 수 있는 것이다.

내가 동경 갈 때 신문사 경제부 기자 애인이 같은 비행기를 타고 가서 안면이 있었는데, 그 친구는 가문의 내력으로 목공 일을 배우러 왔단다. 그녀의 아버지는 목공예의 대가로 국전(대한민국 미술 전시회) 심사위원을 하셨다고 했다.

그녀와 가끔 만나서 긴자 거리를 구경 다녔는데, 내가 반년 만에 형부의 중병으로 별안간 귀국해서 인연이 끊어졌다. 몇 해 후 그녀가 귀국해서 마포 서교동에 '윤씨 농방'을 차렸다는 얘기를 듣고 딱 한 번 초대를 받아서 농방 구경을 간 적이 있었다. 원래 부유한 집안이기도 했지만 이젠 어엿한 공방의 사장이 되었으니 더 이상 다가가지 않기로 했다. 사람들은 다 끼리끼리 놀게 된다는 말을 이럴 때 쓰는 말일 것이다.

그러면서 나도 디자인 공부를 계속했으면 내 회사를 가질 수 있었을까? 자문자답을 해보았다.

나는 귀국해서 형부의 병 회복을 위해 전도사 하는 큰언니를 따라서 삼각산 기도원을 들락날락하며 기도 생활을 하였다. 그러다가 형부가 떠난 후엔 형부가 다니던 충무로 침례교회 선교 사무실에서 출판 일을 맡아 하게 되었다. 그리고 몇 달 후 침례를 받고 침례(세례)교인이 되었다.

침례는 강단 위에 수족관 같은 게 설치되어 있어 온 교인이 보는 가운데 물속에 들어가 목사님한테 안수를 받는 의식인데 일반 교회에서 물을 손에 담아 머리에 안수하는 의식과 같다.

(4) 民團 운동회

동경에 사는 남한 지지자들의 단체인 민단에서 해마다 운동회를 열어 한인끼리 친선을 도모한다고 했다. 거기에 목공 친구 미스 윤과 지사 사무실 미스 김과 같이 참석하여 운동경기도 구경하고, 준비해 온 도시락도 맛있게 먹으며 즐거운 시간을 보내었다.

또 한국 고전 무용과 부채춤, 사물놀이 같은 공연을 보며 하루를 일본 속의 자랑스러운 한국인들과 같이 지냈다. 거기서 한국의 각 신문사 특파원들을 만났는데, 자기들이 여행 다닌 이야기를 하면서 남녀 혼탕엘 가봤다고 자랑을 하기에 민망해하며 사무실 미스 김 얘기가 맞다는 것을 확인하게 되었다.

거기는 '하꼬네'라는 곳인데 자기들 셋이서 먼저 들어가 몸을 씻고 있을 때 처녀 4명이 탕 쪽으로 거침없이 걸어오고 있는 걸 보고 오히려 자기들이 놀라 외면을 하고 목욕을 하는 둥 마는 둥 뛰쳐나왔다고 하며 껄껄 웃는 것이었다.

미스 윤이랑 내가 눈이 휘둥그레져,

"일본은 성의 개념이 너무 개방되어 있네!" 하니까, 미스 김이 '거 보라고' 하는 듯 눈을 흘깃하면서

"그러나 일단 결혼만 하면 자유분방하던 태도가 싹 바뀌어 요조

숙녀가 되어 자기 남편만 받들고 살지요.” 말해 주었다.

(5) 銀座 거리에서 고히(coffee)를

우리나라 1965년은 경제개발 5개년 계획을 실천하느라 힘들게 살던 시절인데, 일본은 한국 전쟁으로 돈을 벌어 부자로 살고 있었다. 내가 동경 간 지 얼마 안 되어 지사 사무실에서 미스 김과 라멘을 끓여 먹었는데, 그땐 우리나라에 라면이 없었을 때라 신기했고 그 맛이 기똥차게 맛이 있었다.

학교에서 회사로 오가며 우리나라 명동 같은 동경의 번화가 긴자(銀座) 1정목에서 8정목까지 누비고 다녔는데, 서점 빌딩과 카페 빌딩이 인상적이었다. 4층 건물은 1층부터 4층까지 모두 커피와 차를 팔고 있었고, 또 5층 건물은 1층부터 5층까지 모두 책방이었다. 층수 관계없이 하나의 건물에는 똑같은 물건들을 팔고 있었다.

카페라는 곳에 들어갔더니 테이블 4개 단위로 레지가 배당되어 서비스하고 있었다. 그 당시 일본과 한국의 수준 차이가 너무 나서 30년을 달려야 겨우 따라갈 수 있을지 모르겠다고 하던 시절이었다.

긴자 찻집에서 고히를 마시며 우리나라 경제가 빨리 일어나서 일본을 따라잡았으면 좋겠다고 생각했다.

2) 이혼 후 캐나다 밴쿠버와 로키산맥

(1) 밴쿠버 작은언니 집에서

큰애 소풍에 다녀온 지 얼마 안 되어 둘째 언니 성화에 못 이겨 캐나다 밴쿠버 사는 작은언니한테로 가게 되었다.

내가 이혼하고 혼자가 되니 둘째 언니가 몸이 달았다.

아직 젊으니까 재혼해야지 하며 걱정을 하다가 캐나다 밴쿠버에 이민 간 작은언니한테 연락을 한 것이었다.

이민 간 지 6년이 지나서 이제 겨우 집을 장만했다고 하였다.

처음 와서는 지하방에서 햇빛 없이 살아 건강을 해치기도 했으며, 또 언니가 교수 식당에서 알바를 하면서 애들 뒷바라지하느라 힘들었는데 이젠 살 만해졌다고 했다.

언니는 신앙은 없지만 한국 사람 만나려면 한인 교회엘 다녀야 하기 때문에 나를 데리고 교회로 갔다. 그리고 예배 끝나고 친교 모임에서 형부는 나를 작가라고 소개를 하였다. 기자 생활한 것을 부각시키려 했을까, 아니면 내가 나이 들어 작가가 되리란 것을 미리 알아서였을까!

그런데 밴쿠버에 온 외국인에게 영어를 가르쳐 주는 학원엘 다니도록 언니가 등록해 주어 다니면서 각국에서 온 친구들을 만났고 밴쿠버 길도 익히며 그곳 생활에 적응하려 했지만, 밤낮없이 언제 어디서나 아이들 생각이 떠나지 않아 즐길 수가 없었다. 시차 적응 때문이기도 했지만, 밤마다 멍하니 앉아 두 아들을 그리워하고 있었다.

(2) 로키산맥의 추억

달포쯤 지나니 밴쿠버에 여름방학 시즌이 되었다.

조카 남매가 초등학생과 중학생인데 이모가 왔다고 로키산맥 투어를 가자고 했다. 그 당시엔 캐나다인들도 로키산맥 투어를 선뜻 나서기 힘들어했다는데, 형부가 특별히 추진하였다.

처제가 혼자되어 언니 집 왔으니 위로해 주겠다고 반 달 치 먹을 것을 자동차에 잔뜩 챙겨 싣고 로키산맥 초입 도시 캘거리로 갔다. 그리고 우선 기름을 가득 채우고 장보기를 마저 하고 산을 오르기 시작하였다.

하루에 너댓 시간을 나선형 찻길로 올라가면 캠핑 그라운드가 나오는데 산처럼 장작을 쌓아놓고 캠핑객들을 기다리고 있었다. 바로 곁에는 수도 시설이 되어있어 밥해 먹는 데에 전혀 불편함이 없었다.

역시 선진국이었다. 세계 각국 사람이 로키 산을 오르며 캠핑 장소에서 서로 친교하고 특히 밤이면 쌓여있는 장작을 한 아름씩 안

아다가 캠프파이어를 즐겼다.

그리고 밤이 지나면 각자 짐을 꾸리며 간단한 아침 식사를 하고 길을 떠난다. 또 너댓 시간을 가면 캠핑장이 나오고 거기에 텐트를 쳐 자리 잡고 점심을 챙겨 먹고 주변을 산책한다.

그때 로키 산 다람쥐가 내게 다가왔다. 손을 내밀자 기어올라 내 얼굴을 빤히 쳐다보았다.

환경운동이 잘 되어 있어서일까 동물이 사람을 무서워하지 않았다. 노루도 겅중겅중 찻길로 뛰어나와 자동차 운전할 때 조심하라는 팻말까지 산길 중간중간에 세워져 있었다.

캠핑장 군데군데엔 빨래방도 있어 코인만 넣으면 세탁이 되어 깨끗하게 말려서 나왔다.

그중 가장 인상 깊었던 것은 로키 산 중턱에 운동장처럼 넓은 바위가 비탈져 있는데 1년 내내 얼음으로 덮여있어 '아이스 필드'라고 했다. 가끔 암벽 타는 사람들의 호기심을 불러일으키지만, 빙벽 타는 일이 너무 위험해서 제한하고 있어 건너편을 바라보기만 할 뿐이라고 했다.

또 옛날 영국의 빅토리아 여왕이 묵었다는 산속에 호텔이 있는데 아주 웅장하고 아름답게 꾸며져 있었다. 바로 그 앞에 커다란 호수가 있었는데 물에 들어갈 수가 없어 사진 찍는 것으로 만족해야만 했다.

캠핑장을 열흘 정도 올랐을까, 로키 산을 관리하는 사무실이 보였다. 들어가니 로키 산에 관한 모든 것이 전시되어 있었다. 산악 구조도 이곳에서 맡아 하고 있는 듯 보였다.

로키산맥 빅토리아호텔

근처를 산책하다가 나뭇잎이 조각되어 있는 납작한 차돌 하나를 주워 "아, 예쁘다. 한국에 가져가야겠다." 했더니, 초등학교 4학년인 남자 조카가 정색하며 "노!"를 외쳤다. 돌 하나도 로키 산 것이고 나라의 것이라고 사무실에 신고하겠다고 야단을 친 것이었다.

그래서 형부가 나서서 "이모가 화석 공부하는 데 필요하니 허락해 주렴!" 하고 잘 달래고 설득을 해서 겨우 로키 산 여행 기념으로 조약돌 하나를 들고 올 수 있었다.

과연 캐나다 초등교육이 대단하다는 것을 느꼈다. 어려서부터 자연 훼손 예방을 철두철미하게 시키고 있는 환경 사랑과 나라 사랑 교육을 엿볼 수 있었다.

3) 50대 미 서부, 미 동부 관광

(1) 해외 첫 여행 미 서부

1994년 김영삼 대통령 시절 우리나라 외환 보유고가 넉넉하니 해외여행을 다녀도 좋다고 권장하던 시대가 있었다.

그리하여 가까이 지내던 사범학교 동창과 둘이서 용기를 내어 롯데 관광에 신청하였다.

당시에는 일반 국민들이 해외여행 떠난다는 것에 익숙하지가 않아서 신청자가 별로 없었고, 경비도 저렴하였다.

나는 1965년 처녀 시절 일본에 어학연수 몇 달 다녀온 이후로 30년 만에 비행기를 타게 되었으니 처음 해외여행이나 마찬가지로 몹시 들떠 있었다.

지금부터 26년 전의 일인데 아주 오래된 것으로 기억된다.

비행기에 올라타고 창가에 앉아 내다보니 알루미늄 은빛 날개가 햇빛에 반짝이는 광경이 황홀하고 아름다웠다.

비행기 안에서 10시간 넘게 품위 있는 서비스를 받으며 첫 여행의 즐거움을 만끽하였다. 풍요로운 기내 식사도 만족했고, 스튜어디스의 서비스에 공주라도 된 느낌이었다.

그때 레드와인 맛을 보고 싶어 시켰는데 나는 혀끝에 대어보고 딱 한 모금 마시곤 말았는데 내 친구는 잘도 마셨다.

① 하와이

그 당시 우리나라 사람들은 '아메리칸 드림'으로 미국 가는 걸 너도나도 소망했던 때였기에 더욱 가보고 싶은 나라였다.

10시간 넘게 날아가서 도착한 곳은 미국의 보물섬이라 일컫는 하와이 섬이었다. 우리나라로 치면 제주도인 셈이다.

가도 가도 끝이 없는 사탕수수 농장을 둘러보고 옛날 우리 조상들이 가난한 시절 일자리를 찾아 이민을 와서 일구어 놓은 사탕수수밭이구나 생각하니 감회가 새로웠다.

또 파인애플 농장 견학을 가서 통조림 만드는 과정도 보고, 파인애플을 실컷 먹었던 기억이 난다.

특히 사진으로만 보던 와이키키 해변을 거닐 땐 너무 기뻤다.

그리하여 여행 다녀와 꾸민 앨범에는 그 당시의 대한항공 비행기 표와 하와이 첫 호텔 카드 키가 나란히 붙여져 첫 장을 장식하고 있다.

호놀룰루 공항에서 원주민들이 목걸이 꽃다발을 목에 걸어주고 훌라 춤을 추며 환영해 주던 모습이 아직도 눈에 선하다.

몇십 년이 지난 지금도 가슴이 설렌다.

■ 파인애플 농장 ■

그리고 파인애플 농장을 견학했는데 그 기계화에 놀랐다. 수십 년 전인데도 전자동 기계화된 모습이 몹시 부러웠다.

기계로 담는 통조림 과정을 보면서 감탄했고 또 우리나라에선 먹을 수 없는 열대과일이라 실컷 먹었다.

여기서 만든 통조림이 세계로 팔려 나가면서 우리나라 시장으로도 나가는 것이다, 당시엔 우리나라 시장이 대중화되지 않아 서민들이 먹기엔 너무 비싼 수입품이었다.

■ 와이키키 해변 ■

와이키키 해변에서의 감격은 내가 마치 영화 속 주인공 같았다. 미국의 부자들은 와이키키 해변이 보이는 높은 언덕에 별장 같은 집을 짓고 산다고 했다.

그리고 영화배우 조미령 씨가 하와이에 보석상을 하고 있어 관광 코스로 둘러보고 보석 구경도 하고 직접 판매하고 있는 조미령 씨를 만나기도 했다. 관광객들을 반갑게 맞이해 주었다. 당시엔 관광객이 별로 많지 않아 일일이 반겨 주었다.

또 하와이 민속촌을 들려 카누를 타고 뱃놀이도 하였다.

■ 마술 쇼 ■

하와이 마술쇼

하와이 관광 마지막 날 밤에는 폴리네시아 마술 쇼를 관람했는데 정말 신기하고 신비스러워 눈을 의심할 정도였다. 인간이 인간의 눈을 속이는 게 그렇게 단순한 게 아닐 텐데 어쩜 저렇게 신통한 기술을 익혀 대중의 눈을 속일 수 있을까 감탄을 넘어 존경스럽기까지 하였다.

사흘 동안의 하와이 관광을 마치고 본토로 들어가는 비행기를 타고 본토의 서부 샌프란시스코로 향하였다.

② 지평선 위에서

이튿날 캘리포니아 북단으로 날아간 우리 일행은 버스로 국내 투어를 시작하였다.

미국 서부를 종주하며 관광을 하는 것이다.

가도 가도 끝이 없는 지평선을 달려가노라니 차창 밖 양쪽으로 풍차가 일 열로 늘어서서 까딱까딱 돌아가고 있었다. 그게 캐나다를 통해 들여오는 송유관이라 했다. 그래서 미국은 세계적인 석유 보유국이 되는 셈이다.

몇 시간이고 달려가면 작은 마을이 보이고, 식사 시간에 닿아 점심을 먹게 된다. 슈퍼에서 화장실 볼일도 볼 수 있다.

■ 요세미티 국립공원 ■

북쪽에 위치한 산악지대라 겨울옷들을 꺼내 입었다. 같은 나라 안 여름에서 겨울로 이동하는 것이다. 하와이 여름 나라에서 겨울 나라 샌프란시스코로 들어가는 것이다.

캘리포니아 한 주의 땅이 얼마나 넓은지 따듯한 로스앤젤레스와 샌프란시스코 도시의 온도 차이가 심했다.

1890년 국립공원으로 지정되었다는 요세미티공원은 높은 산들이 나목처럼 모여 서있는 나무들의 공원 같았다. 시에라네바다 산맥에 있는 공원으로 수천 년 된 나무가 울창한 넓은 스퀘어 숲, 폭포, 노스 돔 등이 산봉우리를 이루고 있어 과연 세계적인 관광 명소다운 면모를 갖추고 있었다.

또한 침엽수림이 우거져 있어 각종 야생 동물의 서식지로 동물의 천국이라 할 만했다. 또 광대한 초원에 자라는 고산 식물의 아름다운 풍경이 장관을 이루고 있었다. 가히 하나님의 천지창조의 아름다움을 느끼지 않을 수 없는 절경이었다.

요즘엔 렌탈 자전거나 셔틀버스를 이용하여 구석구석 잘 돌아볼 수 있고 관광이 아주 편리하게 되어있을 것이다.

오세미티 국립공원

③ **그랜드 캐니언**

버스에서 내리자마자 눈 앞에 펼쳐진 신비스러운 경치에 환성을 질렀다. 마치 천지창조의 순간을 보는 것 같았다. 그리고 땅에 엎드려 입맞춤하였다.

아, 위대하고 장엄하고 경이로운 이 광경을 어찌 다 말로 표현할 수 있을까!

수십억 년 지구의 세월을 그대로 드러낸 웅장하면서도 신비한 암벽, 수십억 년을 걸쳐 쌓인 지층을 보며 위대한 자연 앞에 저절로 고개 숙여지며 인간의 존재가 먼지같이 느껴졌다. 진실로 하나님의 우주 창조의 경이로움을 찬양하였다.

하늘 아래 지구 상에서 가장 거대한 골짜기 그랜드 캐니언은 동서남북 사방으로 나뉘어 볼 수 있다는데, 보통 개방된 곳은 남쪽 방향이고 서쪽 지역은 원주민 인디언 거주 지역으로 개인 관광객이 가끔 방문한다고 했다.

요즘에야 인디언이 살고 있는 원주민 지역도 관광코스로 개발했다지만, 내가 갔을 당시엔 노새 타고 멋지게 관광하는 프로그램이 없었다. 지금은 셔틀버스도 다니는 모양인데 예전에는 없었다.

또 요즘 들리는 소식으로 서쪽 끝에 셔틀버스의 종점 '수행자의 쉼터'라는 휴게소가 생겼다는데 그렇다면 거기 원주민은 어디로 갔을까 가엾어진다.

결국 이민 온 백인들이 깊은 산 속에 사는 원주민들의 생활 터전을 빼앗은 셈이다.

거기 살던 인디언들은 어디로 추방당했을까, 아니면 현대 문명에 동화되어서 물질의 노예가 되어 어느 한쪽으로 밀려나 살고 있을까. 특히 그 후손들, 젊은이들이 걱정된다.

그래도 나는 너무 감격스러워 1994년 여행을 다녀오면서 사 온 비디오테이프를 가끔 틀어 추억을 회상하곤 하였다. 그러나 지금은 비디오와 같이 테이프도 폐기처분을 해버려서 그저 내 가슴 속 추억으로만 남아있을 뿐이다.

그랜드 캐니언

④ 라스베가스

1994년 우리나라가 발달하지 않았을 때 미국 여행을 갔으니 가는 곳마다 눈이 휘둥그러지게 놀라지 않을 수가 없었다. 특히 라스베이거스의 밤은 그 휘황찬란함에 탄성을 자아내게 하였다. 마치 거대한 테마파크 속을 날고 있는 것 같았다. 눈 돌릴 곳 없이 화려한 도시 별천지 속에서 관광으로 즐거움을 만끽하였다.

네바다 사막 위에 세워진 도시라는데 어찌 이렇게 빛의 천국을 만들었을까. 도시 전체가 네온사인으로 물들어 있었다.

그래도 도박 도시엘 왔으니 카지노 냄새는 맡아야 한다고 가이드가 10달러씩 투자해서 슬롯머신을 돌려보라고 했다. 코인으로 바꾸어 재미 삼아 돌렸는데 1시간도 안 되어 털리고 남이 하는 것 구경을 하였다.

가끔 환성이 터지는 곳에서는 우르르 코인 쏟아지는 소리가 났다. 대박이 터진 것이다. 우리 일행 중에서도 몇십 달러 건진 사람이 있었다. 나는 그냥 카지노 체험을 한 것으로 만족하였다.

요즘엔 호텔도 많고 카지노 도박장 수효도 많이 늘어났을 테지만 그 당시에는 별로 많지 않았다. 또 당시에 우리나라에서는 볼 수 없었던 환상적이고 아름다운 서커스를 겸한 여인들의 캉캉 쇼를 보고 놀란 기억이 난다.

거기에 더욱 놀라운 것은 남자도 여자도 아닌 게이들의 춤과 노래였다. 내가 알고 있는 세상과 아주 다른 세상 사람들을 보고 온 기억이었다. 참 세상은 요지경이었다.

오래전 여행이라 군데군데 큼직한 사건만 기억이 난다. 참 당시 여행 다녀와 꾸민 앨범을 보니 백만 불짜리 미국 달러 지폐가 전시되어 있어 친구랑 그 앞에서 기념 촬영을 한 사진이 붙어있었다.

이제 와 생각해 보니 꿈같은 여행이었다.

언제 다시 그런 여행을 할 수 있겠는가, 그때 잘 다녀왔지. 더구나 요즘 같은 코로나 시절엔 꿈도 꿀 수 없는 여행이었다.

⑤ LA 디즈니랜드

미 서부 여행에서 제일 남단에 있는 로스앤젤레스에 도착했다. 미국에서 한국인이 가장 많이 살고 있다는 그야말로 겨울이 없는 따듯한 도시였다.

거기에 세계 사람들이 다 가보고 싶어 하는 거대한 놀이터가 있는데 그곳은 디즈니랜드였다. 우리 일행도 구경하러 갔는데 수많은 사람이 줄을 서서 입장을 기다리고 있었다.

그런데 몇 시간이고 서서 친구나 가족들과 이야기하면서 불평하는 사람이 하나도 없었다. 역시 선진국이라 문화 시민답게 질서정연하였다.

나는 이렇게나 도시 전체가 놀이터같이 보이는 거대함에 놀랐다. 어쨌든 모든 놀이기구가 신기해 보였다. 촌사람이 서울 구경 온 것같이 느끼면서 시간이 없어 곤돌라를 타고 아래로 내려가 한 바퀴 돌았다. 그리고 무슨 놀이기구들이 있나 하고 둘러보기만 하였다.

⑥ 할리우드– 유니버설 스튜디오

유니버설 스튜디오가 있는 할리우드에는 스타의 거리와 명예의 거리가 있어서 걸어보았는데, 바닥의 사각 보도블록마다 미국의 유명 배우들의 이름들이 새겨져 있었다.

영화 속에서만 보던 그 유명 배우들의 이름을 직접 밟아보면서 내가 할리우드 거리를 거닐어 보다니 참 감개무량하였다. 최근에는 우리나라의 안성기와 이병헌의 이름도 새겨져 있다고 들었다.

단체 여행이 끝나고 마침 LA에 사범 동창들이 살고 있기에 며칠 남아서 놀기로 하고 가이드의 허락을 받아 일행과 헤어져 아는 선배 집에서 하루를 묵었다. 그리고 동창에게 연락했더니 바로 그날 동창

모임이 있다고 해서 달려갔다. 여러 친구들이 반가이 맞아주었다.

그 이튿날부터는 한 동창 집에 머물면서 유니버설 스튜디오를 구경 갔는데, 그날따라 휴관이라 건물 주변만 돌고 사진을 찍고 그냥 돌아와 아쉬웠다. 하지만 그 친구네 집에 사흘을 머물면서 친구네가 직접 농사짓는 오렌지 농장을 산책하며 나름대로 즐겁게 보내었다.

또 친구는 점심나절 서너 시간을 가게에 나가 샌드위치 하우스를 운영한다고 했다. 매일 바쁘게 지내는 친구한테 융숭한 대접을 받고 감사한 마음으로 귀국하였다.

정말 보람 있는 미 서부 여행이었다.

나성에 가면

나성에 가면 편지를 띄우세요
사랑의 이야기 담뿍 담은 편지
나성에 가면 소식을 전해 줘요
하늘이 푸른지 마음이 밝은지
즐거운 날도 외로운 날도 생각해 주세요
나와 둘이서 지낸 날들을 잊지 말아 줘요

나성에 가면 편지를 띄우세요
함께 못 가서 정말 미안해요
나성에 가며 소식을 전해 줘요
안녕 안녕 내 사랑

나성에 가면 편지를 띄우세요
꽃 모자를 쓰고 사진을 찍어 보내요
나성에 가면 소식을 전해 줘요

예쁜 차를 타고 행복을 찾아요

당신과 함께였다면 얼마나 좋을까

어울릴 거야 어디를 가도

반짝거릴 테니까 뚜루뚜

나성에 가면 편지를 띄우세요

함께 못 가서 정말 미안해요

나성에 가면 소식을 전해 줘요

안녕 안녕 내 사랑

안녕 안녕 내 사랑

안녕 안녕 내 사랑

+) '나성'은 로스앤젤레스, 즉 LA를 가리키는 말이다.

1978년 길옥윤 씨가 작곡하고 새셈 트리오가 부른 노래인데 그 당시엔 외래어로 노래를 부르지 못하게 하여 작곡가 길옥윤 씨가 LA를 나성으로 고쳐 부르게 했다 한다.

그런데 최근에 영화 「수상한 그녀」에서 심은경이 불러 히트를 했다. 그리하여 2014년 영화 상영하던 때에 많이 유행하기도 하였다.

(2) 미 동부에서 몇 달을

미 서부 관광을 다녀온 지 10여 년이 지나자 미 동부 여행도 가보고 싶었다. 그때 마침 뉴욕에 살던 오빠의 아들이 뉴저지로 이사를 갔다고 정년퇴직한 고모를 불렀다.

이때가 기회라고 나이아가라 폭포를 구경할 수 있는 미 동부 관광팀에 여행 신청을 하였다. 미 동부 관광 여행을 끝내고 나서 조카집을 방문하면 되겠다고 생각해서였다.

그 당시엔 미 동부 여행객은 6개월 미국 체류가 가능했던 때였기에 단체 관광을 한 후 귀국길에 남아서 뉴저지 조카네 체류했다가 나중에 혼자 귀국하면 되는 것이다.

패키지 여행을 신청해 놓고 마음이 설레었다. 드디어 미 동부 구경을 하게 되어 온 세계 젊은이들이 동경하는 뉴욕과 수도 워싱턴 땅을 밟아보게 되겠구나. 또 나이아가라 폭포 구경을 하게 되다니 얼마나 근사한가! 게다가 몇십 년 만에 조카를 만나게 되다니 생각만 하여도 모든 게 감격스러웠다.

① 나이아가라 폭포

우리나라 우스갯소리에 "이제 나이야, 가라."는 말을 '나이아가라'로 표현하며 나이 드는 것을 그치게 한다는 뜻으로 쓰이고 있었다.

나이아가라 폭포는 늘 보아오던 사진에서나 TV 화면에서보다 그리 웅장하지는 않았다. 미국 땅에서 캐나다까지 이어져 있는 기다란 폭포는 미국 쪽에서 보는 것보다 캐나다 쪽에서 보는 경치가 더 아름답다고 했다.

동쪽은 아메리칸 폭포이고, 캐나다 쪽은 호스슈 폭포라 했다. 우비를 입고 배를 타고 물 터널을 지나가는데 쏟아지는 물세례는 온몸에 상쾌함을 느끼게 하였다. 또 바람의 동굴에서는 몸이 날아갈 듯해서 빨리 빠져나와 캐나다 땅을 밟게 되었다.

비자 없이 나이아가라 폭포 관광객에게 물건을 파는 쇼핑센터가 있어 들어가서 캐나다 국기가 인쇄된 티셔츠를 샀던 기억이 난다. 역시 폭포는 그 속에 들어가 즐기는 것보다 멀리서 바라보는 풍광이 더 좋고 아름다웠다.

② 링컨 기념관

워싱턴의 백악관도 생각보다 평범해 보였고, 국회의사당도 사진에서 본 그대로였다. 링컨 기념관과 한국참전 용사들이 늘어선 공원에선 참으로 많은 생각을 오래도록 하였다.

내가 존경하는 인물이 링컨이기에 그의 전기를 떠올리며 존경의

예를 표했고, 한국전쟁 때 희생한 미군들에도 감사함과 미안함을 느끼며 묵념을 하였다.

– 링컨의 일화

링컨은 주로 기차를 타고 다니며 정견 발표를 했는데 어느 역에선가 떠나는 열차를 급히 타다가 구두 한쪽이 벗겨져 떨어졌다.

수행 비서가 그걸 집으려 하자 한쪽 구두를 마저 벗어 먼저 구두 떨어진 곳으로 집어 던졌다. 비서가 돌아보자 "누가 신으려면 짝이 있어야 하지." 하고 미소 지었다고 한다.

10여 일의 미 동부 여행을 마치고 뉴욕 호텔에 묵게 되었을 때 조카한테 연락했더니 그 밤에 조카 내외가 찾아왔다. 그리하여 일행한테 손을 흔들고 뉴저지 조카네 집으로 갔다.

③ 뉴저지의 5월

이튿날 뉴저지의 5월은 금방 샤워를 하고 나온 여인의 모습처럼 신선하고 아름다웠다. 항상 초여름 아침 같은 분위기의 마을 '아나데일 웹 체스터 비버브룩 컨트리' 클럽 골프장 콘도에 조카네 집이 있었다. 평소 조카가 골프를 좋아해서 골프장 타운으로 이사를 온 것 같았다.

숲 속 마을이라 낮에는 삼림욕이 저절로 되고, 밤에는 잠자던 새들이 더욱 깊은 밤을 만들고, 새벽이 되면 늦잠 못 자도록 시끄럽게 노래한다. 어떤 새는 꼭 호루라기 소리처럼 울며 짝의 화답을 기다린다. 집 앞 거리로 다람쥐 건너다니고 뒤뜰 잔디밭에는 사슴이 놀러 와서 선한 눈망울을 굴리며 거실을 들여다본다.

마치 휴양지에 온 느낌이다. 이러한 자연 속에서 사는 사람들이 정말 부럽다.

며칠 후 밤비가 내렸다.

천둥번개까지 동반하고 비가 많이 내렸다.

새들은 어디서 잘까?

밤에 비가 왔다
5월이 끝날 무렵
유난히 덥더니 밤에
천둥번개를 타고 비가 왔다
이렇게 비가 오는 날엔
새들이 어디서 잘까

새벽마다
지지배배 깟깟
또르르 호르르 노래하며
새벽을 깨워주던
숲 속의 온갖 새들은
비 오는 날 어디서 잘까

④ 조카 집에서의 하루

뉴저지 골프장 콘도 조카네 온 지도 두 주일이 되었다. 이곳에서의 내 일상이 점점 자리 잡혀갔다.

새벽 5시 새 소리에 잠을 깨어 늘 하던 스트레칭을 하고 성경 읽고 찬송 부르고 기도 끝나면 6시다. 그리고 주방에 나가 계란 삶고 빵 굽고 커피 내리면서 하루가 시작된다. 조카 내외는 세탁소를 운영하는데 아침에 일어나 아침을 간단히 먹고 6시 40분 도시락을 챙겨 출근하면 온 집 안이 내 세상이다.

TV를 좀 보다가 아침 9시에 동네로 걷기운동을 나간다. 흙길이 아니고 아스팔트 길이라 따라서 걸으니 발이 좀 불편했지만 그래도 건강에 도움이 될 거로 생각하고 1시간 정도 걷기운동을 한다.

여기저기 골프 치는 모습 보이고 가끔 마주치는 조깅하는 여인에게 "굿모닝!" 하고 먼저 인사도 건넬 줄 알게 되었다. 그러면 상대방은 "하이!" 하면서 화답을 해준다.

처음엔 상대방 여인이 먼저 인사를 했을 때 쭈뼛거리며 어색하게 인사를 받았는데 이제는 습관처럼 인사를 주고받았다. 내가 생각해도 장족의 발전이다. 하하하!

오후엔 세탁기를 돌리고 저녁 준비를 해놓고 세탁소에서 퇴근해 오는 조카 내외를 기다린다. 그럼 조카댁이 저녁을 차려 셋이서 화기애애하게 저녁 식사를 한다. 그리고 세탁 일보다 수선하는 일이 더 바쁘다는 얘기를 듣고 조카댁의 직접 수입이니 감사한 일이라고 위로해 주고 TV를 같이 보다가 각자 방으로 들어가면 하루 일과가 끝이 난다.

■ 가족사진 ■

잠들기 전 책상에 앉으면 아이들 생각이 난다. 바로 앞에서 두 아들과 손주 네 명이 같이 찍혀있는 가족사진이 나를 바라보고 웃고 있다. 막내 손자 돌날 찍은 가족사진이다.

모두 북경 살고 있는데 잘들 지내고 있겠지! 사진을 물끄러미 보다가 펜을 잡는다. 그리고 오늘 일어난 일과 생각을 기록한다.

⑤ 미국의 대중문화

TV에서 5인조 보컬 팀 흑인 가수들의 쇼가 있었다. 한국에서는 아이돌(틴에이저) 부대의 전유물인 콘서트가 미국에서는 어른들의 동생부대 차지다.

우리나라에서는 오빠 부대인데 여기서는 남녀, 흑인, 백인 어른들이 일제히 객석에서 일어나 춤을 추고 박수 치며 난리였다. 그 열광하는 모습이 대단하였다.

악기 팀도 백인, 흑인이 호흡을 맞추어 신나게 연주하였다.

특히 오늘은 TV에서 미혼모에게 남자 찾아주기 프로그램이 진행되었다. 처음엔 극구 아니라고 주저주저하다가 하루 이틀 지나서 결합을 결심한다고 했다.

우리나라에서도 이런 프로를 진행하여 미혼모들을 구제해 주면 어떨까 하는 생각이 들었다. 그러면 '베이비 박스(baby box)'에 갓난 아기를 버리는 일이 줄어들 텐데 말이다.

한 번의 실수로 어쩌다 태어난 생명을 버려야 하는 미혼모들의 아픔이 좀 나아지지 않을까? 또 자기를 싫어하는 사람과 살아야 하는 운명을 감수하기보다는 미혼모의 아기한테 새 아빠를 찾아주어 생명의 존엄성을 지켜주는 게 낫지 않겠는가!

(3) 뉴욕을 걷다

뉴저지의 조용한 초원 조카네 집 동네만 돌아다니다가 하루는 뉴욕의 번화가 구경을 나가기로 하였다.

미국이라는 나라는 땅이 넓어서 자동차 없이는 아무 데도 다닐 수가 없다. 그리하여 조카네 집 근처에 있는 고속 터미널을 찾아서 고속버스로 1시간 반을 논스톱으로 달려오니 맨해튼 41번가 터미널에 도착하였다.

그리하여 마침내 꿈에도 그리던 맨해튼 거리를 거닐게 되었다. 참 많은 사람이 오가고 있었는데 유난히도 유색인종이 눈에 많이 띄었다. 중국인과 맥시코인이 미국인보다 더 많은 것 같았다.

먼저 자유의 여신상을 구경하려고 배 시간을 알아보니까 11시 40분 출발하는 편이 있다고 해서 표를 사고 기다리는 동안 거리 구경을 하기로 하였다. 42번가와 43번가를 구경하면서 한인 가게를 만나 반가웠다.

① **자유여신상**

시간이 되어 43번가를 쭉 따라와 83P 항구에서 배를 타고 출발하였다. 배를 탈 때 사진사가 셔터를 눌러 사진을 찍어주는데 나는 돈을 내야 하는 줄 알고 그냥 스치고 탔다. 그런데 배를 올라타고 나서 티켓 뒷면을 보니 'picture free'라고 적혀있었다. 아뿔싸! 내가 미련한 짓을 했구나. 이 바보 하며 억울한 웃음을 지었다.

그러자 우리나라 개항기에 처음으로 미국 유학길을 떠난 한 유학생 사건이 떠올랐다.

미국 선교사가 배표를 보내주었는데 배 타고 한 달을 가는 동안 배 안의 식사가 비쌀 것 같아 미숫가루를 가지고 가서 끼니를 해결하며 겨우 연명했는데 나중에 알고 보니 배표에 한 달 식비까지 포함되어 있는 걸 모르고 굶어 지냈던 것이다.

무지가 낳은 웃지 못할 코미디 사건을 나도 겪은 것이었다.

자유의 여신상은 리버티 섬에 세워져 있는데 배 타고 주변을 돌아 보기만 하고 내려서 올라가 보진 못하였다.

자유여신상! 푸르스름한 청동색을 띠고 서있는 조각상은 프랑스와의 합작으로 남북전쟁 승리 100주년 기념품이라는데 '오, 자유!' 외치며 횃불을 높이 쳐들고 있다.

가이드가 자세히 설명해 주는 것 같은데 나는 잘 알아들을 수 없어 주변 경치만 구경하였다.

아, 시원하다. 지금 시내 거리는 더울 텐데 배를 타고 가니 강바람이 시원해 상쾌하였다.

② 허드슨 강

우리나라에 한강이 있어 서울이 발달한 것처럼 미국 뉴욕은 허드슨 강이 있어 발달하였다.

그런데 나의 무지함이 또 들통났다. 맨해튼 도시가 섬이란 걸 이번에 여기 와서야 알게 되었다. 마치 우리나라 여의도가 옛날엔 섬이었다는 것을 훗날 사람이 알까?

배를 타고 2시간이고 3시간이고 주변을 돌면서 관광할 것이 그리도 많다니. 참 넓은 섬이고 큰 도시임에 놀라지 않을 수가 없었다.

멀리 엠파이어스테이트 빌딩이 보이고 온통 강변에 빌딩 숲이 좌우로 펼쳐져 있다.

그런데 강물은 어딜 가나 똑같을까?

그렇지 않았다. 물의 빛이 누렇다.

우리나라 한강 물보다 깨끗지 못해 보인다.

가까이 돛을 단 개인 유람선이 보인다. 계속해서 방송 스피커가 주변 빌딩에 관한 설명을 하고 있다. 또 모터보트가 지나간다. 깃발을 보니 해상 구조대인가보다.

혼자 여행을 다니다 보니 직장 시절 여기저기 배낭 여행 다니던 생각이 파도처럼 밀려왔다.

요트 여러 대가 몰려왔다. 바다처럼 넓은 허드슨 강 저편에 다리가 보인다.

하늘엔 은빛 날개 비행기가 날고 나의 오른쪽으로는 자유의 여신상이 기둥처럼 떠있다. 사람들이 전망대로 들어가려고 줄을 서서 기다리고 있는 모습이 보인다.

아메리칸 미국의 상징이며 뉴욕의 상징인 자유여신상!

맨해튼 섬 한 바퀴 도는데 다리를 3개나 지나면서 주변의 멋진 관광을 하고 배에서 내렸다.

■ 타임스퀘어 ■

이제 점심시간이었다. 항구를 빠져나와 타임스퀘어 공원으로 갔다. 아침에 싸온 샌드위치와 물, 사과로 배를 채웠다. 공원 벤치에 앉아 거리를 구경하는 맛도 재미있었다.

맨해튼 섬은 빌딩 숲과 울창한 나무가 어울려 마치 공원 도시 같았다. 거기 UN 본부 빌딩도 보인다. 반기문 사무총장이 저 안에 있을까? 다른 나라로 출장을 갔을까?

맨해튼 거리를 오가는 동양인은 거의 중국인이었다. 그래도 다행히 한국 여자 두 사람이 지나간다. 반가웠다. 공원 벤치 주변에는 영화관 쇼핑센터 스포츠센터 호텔 건물들이 모여있었다.

대형 빌딩 높은 전광판엔 삼성 광고가 광채를 발하고 있었다. LG 광고판도 어디엔가 있을 것이다. 우리나라 전자제품이 미국에서도 인기가 있다고 들었다. 어깨가 으쓱해진다.

■ 맨해튼 거리 ■

거리엔 백인보다 흑인, 또 멕시코인과 중국인이 많았다. 맨해튼 31번가에서 46번가 거리를 몇 번씩 오락가락했는데 내가 만난 한국인은 겨우 4명의 여성뿐이었다.

젊은 여성 관광객 두 사람, 뉴욕 사는 직장 여성 한 사람, 슈퍼마켓 주인 한 사람 이렇게 4명이 3시간 동안 만난 전부였다. 그러나 한인들의 상가 거리엔 한인들이 많을 것이다.

오후 3시가 훨씬 지났기에 다시 맨해튼 24번가 고속터미널에 가서 조카네 집 가는 고속버스에 올랐다. 이제 1시간 반만 앉아있으면 논스톱으로 달려가 조카네 집 동네로 데려다줄 것이다. 하루 동안 뉴욕 관광을 아주 잘하여 뿌듯하였다.

언어 소통이 불편해도 혼자서 맨해튼 거리를 활보하고 다녔으니 이 얼마나 기쁘고 즐거운 일인가!

③ 엠파이어빌딩

조카네 온 지 한 달이 되어가는 어느 날 뉴욕 사는 사범 동창에게서 전화가 왔다. 이 친구는 학교에서 같은 미술반이기도 했고, 종로 6가 복음교회로 나를 전도한 친구였다. 그때 교회에 같이 다니면서 내 남자 친구를 만나게 해준 고마운 친구였는데 일찍 동생이 사는 하와이로 이민을 가서 오랫동안 소식이 끊기어 살았었다.

이 친구 전화를 하곤 자기 얘기만 떠들다가 약속을 하고 전화를 끊었다. 옛날에도 만나면 제 얘기만 하더니 그 버릇이 여전하다고 하며 나는 웃었다. 다음 주에 만나 엠파이어 빌딩 구경을 가자고 했다. 나는 그동안의 회포도 풀 겸 오랫동안 미국 생활을 했으니 많은 이야기를 들을 수 있겠다는 기대감으로 몇 날을 보냈다.

드디어 친구와 약속한 날 아침 맨해튼 거리에서 몇십 년 만에 사범 동창 친구를 만났다. 반가워 손을 맞잡고 흔들었다.

예정대로 엠파이어 빌딩 구경을 하려고 서둘러서 달려갔는데 벌써 우리 같은 관광객들이 많이 와있어서 그 뒤를 따라 빌딩 입구로 들어가 엘리베이터를 타고 올라갔다.

그런데 빌딩 꼭대기까지 올라가는 게 아니고 중간 정도에 있는 전망대에 내려주었다. 그래서 거기서 세계의 수도 역할을 한다는 뉴욕 시내를 내려다볼 수 있었다.

예전엔 세계에서 가장 높은 건물이었는데 이제는 우리나라에도, 사우디아라비아에도 더 높은 건물이 세워져 있어 최고의 높이는 자랑할 수 없을 것이다.

그러나 무엇이든 최초나 처음이라는 의미가 중요하기 때문에 아직도 세계의 관광객들이 뉴욕에 있는 최초의 고층 건물인 엠파이어 빌딩을 찾고 있는 것이리라.

■ 그 친구 ■

뉴욕 시내 구경을 끝내고 친구 집엘 잠깐 들렀는데, 허름한 주거지에서 우리나라 수급자 생활하는 정도라 놀랐다. 오래전에 하와이 사는 여동생이 불러서 갔는데, 그때 남편은 그 생활이 불편하다고 다시 한국으로 나갔다고 했다.

그렇담 남편과 합의 없이 이민 결정을 했단 말인가 의문이 생겼지만 묻지는 않았다. 혹시 남편이 외도해서 이민 가자고 우겼을 수도 있으니까.

어쨌든 세 아들 키우는데 하와이 동생네 오래 신세를 질 수 없어 본토로 진출했다고 하였다. 이젠 나이 들어 스스로 일을 못 한다고 정부가 생활 보조금을 주고, 좀 모자라는 건 큰아들이 부담해 주고 있다고 했다.

큰아들은 일식집 요리사 실습 중이고, 둘째는 선교사로 나가있고, 셋째는 중국에서 대학 졸업반이라는데 거기서 자리 잡을 거라고 했다.

한국에서 계속 교사 생활을 했더라면 연금을 받으며 잘 살 수 있었을 텐데 남의 나라에 와서 정부의 지원을 받는 수급자가 되어 사는 친구를 보고 너무 마음이 아팠다.

집으로 돌아오면서 나 자신을 생각해 보았다. 실은 나도 별로 나은 게 없었다. 교사 퇴직하고 연금으로 산다는 것, 그뿐이다.

그래서 연금이 효자라고들 한다. 내가 뉴욕 친구처럼 아들한테 생활비를 받아 산다면?

아뿔싸! 그건 안 되지, 아암 그럼 못살지.

생각이 여기에 미치자 두 아들을 위해 계속 기도를 하였다.
'항상 현재에 감사하며 기쁘게 긍정적으로 살게 해 주세요.'

(4) 뉴저지 공원에서

① 야외예배

오늘은 주일인데 조카 내외가 다니는 교회에서 소풍을 간다고 했다. 매년 있는 행사라고 해서 나도 따라가 야외예배에 참석하고 음식을 먹으며 즐거운 시간을 보냈다.

뉴저지 땅이 워낙 넓어서 우리나라 남한 땅 크기만 하다고 했다. 그러니 호수도 크고 강도 넓고 나무도 울창하여 어디를 가나 대자연 속에 파묻혀 있는 공원 경치였다.

온 가족 함께 하는 게임과 바비큐 음식을 먹으면서 한인 공동체 친교 활동을 하였다.

■ 한국 고아 입양 가정 ■

더욱이 특별한 손님 다섯 가정이 초대되었는데, 한국인인 나는 부끄러워 숨고 싶었다. 늘 말로만 들어오던 한국 고아들을 미국 가정에서 입양하여 자기 자식처럼 키우는 가정들이었다. 그것도 자기 자식이 둘씩이나 있는데 또 장애아 둘을 데려다가 자식 넷을 키우고 있다니 우리 상식으로는 이해가 되지 않았다. 역시 미국인들이 1등

국민임을 알게 되었다. 다섯 가정 모두가 똑같이 장애 고아들을 키우고 있었다.

자기 자식도 나 몰라라 내팽개치는 우리 사회에서 외국의 장애 고아들을 입양해 키우는 미국 가정을 어떻게 이해할까? 바로 그것이 기독교 정신에서 기인하는 게 아닐까? 청교도 정신에 의해 세워진 미국이라 그런 것 같다.

기독교 정신을 실천하고 사는 미국인들이 존경스럽다. 나는 입으로만 생각으로만 그리스도인이 아닐까 부끄럽다.

② 조카 내외와 소풍

여름 더위가 무르익는 어느 날 조카 내외와 하루 피서를 다녀왔다. 세탁소 일로 매일 피곤하게 생활하던 조카 내외에겐 멋진 휴가였다. 뉴저지주 위에 있는 필라델피아 산골짜기 폭포와 바다처럼 넓어 수평선이 보이는 호수를 바라보며 한낮의 더위를 잊고 지냈다. 아주 상쾌한 바람이 얼굴을 스치고 지나갔다.

바람도 적당히 불고 돛단배와 모터보트, 수상스키와 유람선이 떠가는 여러 풍경을 구경하면서 젊은이들이 즐거움을 만끽하는 모습을 부러워해 본다.

폭포를 구경하고 조카가 잠시 볼일을 보러 간 동안 나는 조카며느리와 간략하게 예배를 드렸다. 그날이 주일이었기에 하나님이 창조하신 대자연 속에서 이런 아름다운 자연을 주신 것에 감사하면서 찬송가 40장을 불러 대자연을 찬양하였다. 조카댁도 조금씩 따라 불러주어 고마웠다.

사도신경과 요한복음 3장 16절은 조카댁도 외우고 있었다. 주기도문으로 예배를 마쳤는데 믿음을 갖고 싶다는 조카댁의 손을 잡고 기도해 주려다가 조카가 찾을까 봐 서둘러 나오느라 신앙을 위한 기도를 못 해준 게 후회가 되었다. 그래서 나 혼자 믿음 생기게 해달라고 속으로 기도하였다.

조카는 교회를 10년이나 다녔어도 믿음이 없으니 조카댁이 자기라도 열심히 신앙생활을 해서 마음의 평안을 누리고 싶다고 하여 내심 얼마나 기뻤는지 몰랐다. 실은 내가 조카네 방문한 첫 번째 이유가 조카 신앙 갖게 하기 위한 것이었다.

그런데 몇 해 후 들리는 소식에 조카도 교회 출석을 열심히 해서 드디어 장로가 되었고, 조카며느리는 권사가 되어 교회에 헌신 봉사를 잘하고 있다고 하여 참 감사하였다.

③ **비망록**

오늘 신문 칼럼에서 '어느 날 문득 기억을 잊어버린다면?'을 주제로 한 일본 영화가 소개되어 있었다. 나이가 많은 나도 예외일 수 없다는 생각에 유심히 살펴서 찬찬히 읽어보았다.

주인공 사에키 마사유키는 49세의 광고회사 간부로 딸도 있고 아내도 있는 성실한 남자였는데, 어느 날부터인가 갑자기 사람들 이름을 잊어버리고 늘 다니던 길도 기억 못 하고 심지어는 가족들도 기억에서 지워져 있었다.

간단히 말하자면 치매에 걸린 것이다.

퇴행성 뇌질환인 알츠하이머는 과거를 잊어버리는 질환이다. 육체는 그대로인데 기억력이 전혀 없고 나이도 기억 못 한다.

여기서 주인공 사에키는 증세가 심해지면 어느 순간도 전혀 기억을 못 할 것에 대비하여 일기를 쓰기 시작한다.

'비망록'이라 쓴 노트에 갑자기 지금까지의 내가 사라질지 모르니까 나에 대한 기록을 남겨둬야 한다면서 일기를 쓰고 요양원도 알아두고 아내에게 청혼했던 산속 도자기 공방에 가서 아내 '에미코' 이름을 찻잔에 새겨 하산한다.

그런데 하산 길에 아내와 마주쳤는데 아내를 알아보지 못한다. 그 장면에서 아내의 슬픈 눈망울이 아른거린다.

이 주인공은 50도 안 되어 몹쓸 병에 걸려 앓고 있는데 나처럼 나이 많은 사람에게는 언제 들이닥칠지 모른다. 앞으로 머릿속 뇌 운동으로 공부도 하고 글을 쓰자 다짐했다.

(5) **산후조리 알바를**

뉴저지 조카네 묵은 지도 두 달 남짓 되어 간다. 오늘은 컴퓨터 앞에 앉아『미주 중앙일보』에 뜨는 구인광고를 찾아보았다. 그냥 놀고 지내기가 무료하니 아르바이트라도 해볼까 하고 광고를 훑어본 것이다.

그런데 마침 산후 조리해 줄 아줌마를 찾는 광고가 있어 연락했더니 내일부터 당장 와달라고 했다.

그리하여 뉴욕 중심가에서 그리 멀지 않은 '비치 허드슨' 마을에 어린 애가 둘 있는 가정으로 한 달간 산후조리 일을 가게 되었다. 이튿날 아침 일찍 조카 내외가 서둘러 여기 집까지 데려다주고 갔다. 내 방은 따로 없고, 지하실 빨래방에 침대가 놓여있는 넓은 공간이었다. 한 달 지낼 텐데 밤에 잠자리가 아무러면 어떠랴 하고 짐을 풀었다.

유학생으로 왔다가 결혼해서 주저앉은 젊은 부부인데 이번에 셋째 아이를 낳게 되어 산모 구완해 줄 사람이 필요했다. 위로 두 아이 때는 친정엄마가 와서 산후조리를 해주었지만, 지금은 아버지가 편찮으셔서 나올 수가 없다고 했다.

어린애는 3살 4살 연년생 남자였는데 잘 따라주어 다행이었다.

온종일 바삐 움직였다. 두 애들 시중들어 주고 만삭이 된 애들 엄마 세 끼 밥 챙겨 주고 빨래하고 청소하고 고된 하루였다. 하루 13시간 정도를 움직인 것 같다. 남의집살이 가사 도우미 생활이라는 게 이렇게 고달프다는 것을 체험하고 있다. 이도 60대니까 가능하지 더 나이 들면 못하리라.

씻고 내려오니 밤 9시 이제 기도하고 잘 시간, 아니 휴식 시간이다.

어젯밤 조카댁과 TV를 같이 보며 서로가 이별을 아쉬워하던 순간이 생각났다. 조카댁의 마음 씀이 고마웠다.

■ 비치 허드슨 마을 ■

새로운 환경에 적응하려고 새벽 5시에 일어나 스트레칭을 하고 간단히 예배를 드리고 6시 걷기운동을 하러 나갔다.

아, 바다 같다. 정말 넓은 강이다.

강이 얼마나 큰지 수평선이 보인다.

허드슨 강변 걷기운동은 너무 상쾌하다.

바로 앞 강가에 물오리 떼만 없다면 꼭 바다였다.

세계적인 도시 뉴욕을 흐르는 허드슨 강을 따라 걸으니 가슴이 탁 트인다.

강변 마을 집들은 모두 단독주택으로 제각각 특색 있게 지어져 강변을 한층 더 아름답게 꾸며주고 있었다.

이런 곳에 사랑하는 사람과 함께 산다면 얼마나 행복할까.

■ 산모 도우미 ■

오늘은 입주 산모 도우미로 온 지 꼭 열흘이 되는 날이다.

애기 엄마가 사흘 동안 병원에서 출산하고 나왔다. 그래서 그 시중을 들고 가족들 점심을 차려주고 나 혼자 뒤늦게 식은 밥을 부엌에 서서 먹으면서 왈칵 눈물이 났다.

내가 왜 이러고 있나?

이 나이에 객지에 와서 남의집살이를 하다니. 물론 자청해서 하는 일이라 최선을 다하고 있지만, 안 하던 일을 하자니 매사에 서툴러 지적을 받는다. 그래도 약속을 했으니 한 달은 채워야 한다고 다짐을 했다.

하루는 애들이 서머스쿨 쉬는 날이라 집안일이 더 많았다. 점심은 늘 부엌에서 서서 먹었다. 여자들 집안일은 끝이 없나 보다. 더욱이 지금은 산모 쑥 찜질과 애기 목욕시키는 일이 몹시 힘들다. 거기에 연년생 애들까지 야단법석을 떨어 정신이 없다.

순간 옛날 서양의 노예들이나 우리나라 조선 시대 몸종들의 생활이 이랬었겠구나 생각하니 인간이면서 인간 대우 못 받고 살다 죽은 노비들이 한없이 불쌍하게 여겨진다. 그래도 내일 토요일 밤엔 집에 가서 자게 되니 '자유'다.

새벽의 허드슨 강

창백한 얼굴이 하늘에 떠 있다
어디가 아픈 걸까?

그렇게 아름답던 강변이
떠가는 조각배처럼
흔들흔들 쓸쓸해 보인다

아니, 피곤해 보인다
지금의 나처럼

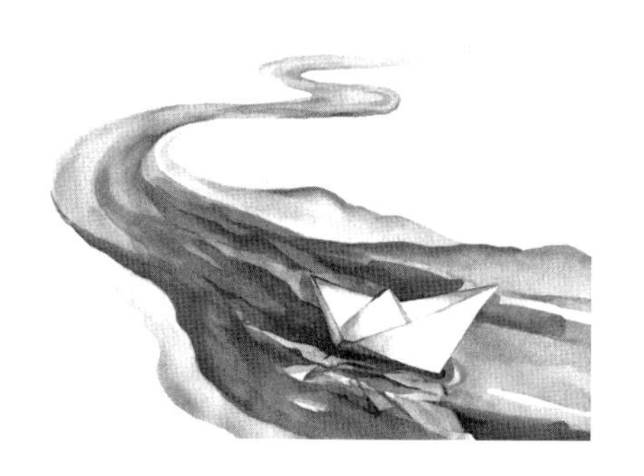

(6) 강변 마을 한인 교회

아침 걷기운동 이틀째 되는 날엔 조카가 일러준 동네 가까운 곳의 한인 교회를 찾아보기로 하였다. 마침 20분쯤 걸어가니 작은 교회 건물이 보였다. 조카가 소개해 준 한인 교회였다. 교회 왕복 40분 거리라 딱 걷기운동을 겸할 수 있어 좋았다.

매주 토요일 새벽엔 커피와 빵으로 친교 시간을 가졌다. 나도 여러 교우와 어울려 친교 하며 잠깐 앉아 빵과 커피를 마시고 왔다. 보통 새벽에는 10여 명이 모여 예배를 드렸다. 계속 다니고 싶었지만 나는 여행을 와서 그럴 수 없다.

이곳 와서 처음 맞이하는 주일이라 산모 아침 챙겨주고 서둘러 집을 나섰다. 주인집 애기 엄마가 점심은 교회에서 먹고 천천히 와도 좋다고 해서 모처럼 주일 낮 자유 시간을 만끽하게 되었다.

교회가 20분 거리에 있어 좋았다. 예배 끝나고 '나오미 여전도회'가 있어 나는 따로 일어나 목사님을 만나서 가져간 내 시집 2권을 드리면서 나를 소개하였다. 미국 오게 된 동기는 미 동부 여행도 하고 싶고 뉴저지 사는 조카네 방문도 할 셈으로 왔다고 했다.

우리나라 김형석 교수와 이름이 똑같은 목사님이 짧은 기간이 아쉽지만 다니는 동안 은혜 속에 지내라고 말씀하셨다.

■ 조카 내외와 산책을 ■

오늘은 주일인데 조카 내외가 일찍 찾아왔다. 뜻밖이었다. 교회 가려고 나가고 있는데 전화가 왔다. 그리하여 집 앞에 나가니 기다리고 있어 같이 교회 가서 예배를 드렸다.

'죽은 자의 삶'이란 주제로 내가 십자가에 죽었다가 주와 같이 살아나는 게 '성도의 정체성'이라고 한 설교 말씀에 조카가 은혜받게 해달라고 간절히 기도했다.

예배 끝나고 교회 식당에 가서 식사하고 목사님 내외분과 즐거운 시간을 가졌다. 여러 권사님이 음식을 날라다 주시는 등 너무 친절하게 대해 주셔서 감사하였다.

새벽기도 시간도 주일 예배 시간도 은혜스러워 계속 다니고 싶은 교회이다. 내가 만일 뉴욕 와서 살게 된다면 여기 '비치 허드슨' 마을에 살고 싶다.

부슬부슬 비가 내리기 시작했는데도 조카 내외와 1시간 정도 공원 산책을 하였다. 강변을 걷는데 마치 해변을 거닐고 있는 느낌이었다. 실로 바다 같은 강이었다.

비 오는 날도 사람들이 공원에 많이 나와 주일 오후 시간을 즐기고 있었다. 참 한가로워 보였다.

■ 입주 도우미 끝나는 날 ■

아, 기쁘다. 이제 고생이 끝났다. 내일부터 해방된 민족이다. 일평생을 남의집살이하는 사람들은 어떻게 살까?

한 달을 돌보던 애들 생각은 가끔 날 것이다. 작별 인사를 할 때 애들 엄마, 아빠가 그동안 수고했다고 100달러를 더 얹어주어 고맙게 받았다.

이런 가정 만나게 해 주신 하나님께 감사한다.

오늘은 허드슨 강변 걷기운동 마지막 날이 될 것이다. 대서양과 만나는 곳이라 그런지 늘 바다 같은 분위기다. 코밑에 찝찔한 바다 냄새도 나고 밀물 썰물 현상도 나며 저 멀리 수평선이 아른거린다.

이렇게 경치 좋은 곳에서 한 달을 보내게 되고, 새벽 운동을 다닐 수 있게 된 것도 나의 행운이라 감사한다.

바다 같은 강변 마을 '비치 허드슨' 서쪽 마을 유토피아 거리에 있는 '새누리 교회'를 한 달간 다니며 목사님과 권사, 집사님 여러 분을 알게 되어 즐거운 시간을 보냈다. 또 매주 토요일 새벽 커피 타임이 특별해서 좋았다.

나의 남은 생애 추억에서 언제까지나 기억될 것이다.

■ 조카댁과 쇼핑을 ■

내가 출국하기 전날 밤에 조카댁이 에스티 화장품을 사 준다고 해서 집에서 그리 멀지 않은 MACY 백화점엘 갔다.

우리나라 백화점보다 화려하지 않았고 사람도 별로 많지 않았다. 캐셔들은 중년 여인들이 많았다. 뉴저지의 번화가로 부유층이 모여 사는 동네라고 했지만 역시 뉴욕 번화가와는 좀 차이가 나는 것 같았다.

에스티 영양크림 2통을 샀는데 1통은 한국에서 부모님을 모시고 사는 여동생한테 전해 주라고 했다. 또 마샬에서 운동화를 사 주어 선물로 받았다.

오전에는 조카랑 코스트코에 가서 건강보조 약품들을 샀다. 한 달 일한 수고비를 받아서 먼저 십일조를 내고 2천 달러는 이번 미동부 여행 경비로 제하고 나머지는 모두 건강보조 약품 영양제를 샀다.

이번 여행은 조카 내외를 만나 미국 생활을 즐겁게 할 수 있어 고마웠다. 그리고 새누리 교회 가족들 만난 것도 좋았고 또 여행 경비를 벌게 해 주신 것에 감사했다.

이 모든 것이 하나님의 은혜였다.

■ 조카 내외에 전도 CD를 ■

오늘은 미국에서의 마지막 날이라 조카 내외가 출근하자마자 서둘러 마지막 산책을 다녀왔다. 언제 여길 다시 오겠는가. 골프장 주변 산책을 하면서 잔디와 나무들을 잘 눈여겨봐 두었다.

사슴들의 놀이터, 다람쥐들의 천국, 새들의 보금자리 등 이루 말할 수 없는 자연의 혜택을 누리고 사는 마을이었다.

아침 시간 새누리 교회 김형석 목사님께 작별 전화를 드렸다. 오늘 밤 출국한다고 했더니 9월쯤 떠난다더니 어찌 그리 갑자기 떠나게 되었냐고 서운해하신다.

나도 서운하였다. 좀 더 다니고 싶은 교회였는데 한 달도 안 되는 시간에 정이 많이 들었다. 새누리 교회 때문에 비치 허드슨 강변 마을이 더 살고 싶은 곳이 되었다.

목사님께 조카 내외에게 전화 심방을 부탁드렸더니 주소를 알려주면 CD를 보내 주시겠다고 했다. 조카 내외가 신앙생활을 잘하였으면 좋겠다.

에필로그

어느 작가는 '여행하지 않을 자유'란 글을 썼다. 물론 가고 싶어도 형편상 못 가는 사람들을 위로해 주기 위한 것인 줄은 알지만, 나는 빚을 내서라도 여행은 다녀야 한다고 생각한다. 그 대신 평소에 절약해서 여행 비용을 저축해 두는 게 현명한 것이지만.

세상이 얼마나 넓은지 돌아다녀봐야 생각의 폭도 넓어진다고 생각한다. 그래야 우물 안 개구리가 안 되고, 소금도 입에 넣어봐야 짜다는 것을 알게 된다. 그러니까 경험이 아주 소중하다는 것을 깨닫게 되는 것이라고나 할까.

필자는 교사 정년퇴직 후 20년 가까이 여행을 다녔다. 거의 매해 떠났던 거 같다.

다행히도 두 아들이 외국살이를 해서 나 혼자만의 시간이 많아 여유롭게 다닐 수 있었다.

오래전 언니가 하늘로 가기 전 조카딸과 형부를 하늘 평야에서 많은 군중 가운데 섞여 찬양 노래 부르며 뒤돌아보는 모습을 꿈에 본 적이 있었는데 그 일이 있고 며칠 후 언니가 떠났다.

그리고 언니와 형부보다 어린 시절 친구처럼 지내던 조카가 더욱 그리워졌다. 그리하여 지구별 여행하는 것처럼 하늘로 여행을 가면 먼저 간 가족들과 친구들을 만나게 되지 않을까 하는 생각을 해보았다.

조카와 함께 살 때 마당의 평상에 누워 별을 세며 놀던 생각이 나서 '아, 그래 별나라 여행을 가야겠다!'라고 맘먹고 상상 여행을 떠나게 된 것이다.

물론 사계절 다 아름답지만, 특히 여름철 시골 하늘에 별이 가득할 때면 정말 금강석을 깔아놓은 듯하다. 그런데 거기에 여행을 가서 밤하늘을 올려보면 취할 정도로 아름답다. 내가 히말라야 랑탕계곡 산장 뜨락에 누워 올려본 밤하늘은 신비 그 자체였다.

바로 내 눈앞에 별들이 다가와 있어 깜짝 놀랄 정도였다.

또 인도 델리사막의 밤하늘을 모래밭에서 바라보았을 때의 그 감격은 경험하지 못한 사람들한테는 그림으로도 설명할 수가 없다.

옛사람들은 별을 보며 우주를 생각했고, 자신들의 이야기나 삶을 신화와 전설로 후세에 전했다. 그리하여 나 역시 별들을 통해 그들의 영혼과 생각을 만나고, 글을 통해 나의 느낌과 생각을 전하고자 했다.

비록 가족 이야기에 국한되어 있지만, 별나라에 관심을 갖고 하늘나라의 그림자로 그려보았다.

참고 문헌

『이태형의 별자리 여행』, 이태형

『그림 속 별자리 신화』, 김선지

나는 하늘 땅 여행자

펴 낸 날 2023년 12월 5일

지 은 이 이진재
펴 낸 이 이기성
기획편집 윤가영, 이지희, 서해주
표지디자인 윤가영
책임마케팅 강보현 김성욱
펴 낸 곳 도서출판 생각나눔
출판등록 제 2018-000288호
주 소 경기도 고양시 덕양구 청초로 66, 덕은리버워크 B동 1708, 1709호
전 화 02-325-5100
팩 스 02-325-5101
홈페이지 www.생각나눔.kr
이 메 일 bookmain@think-book.com

• 책값은 표지 뒷면에 표기되어 있습니다.
ISBN 979-11-7048-637-4(03810)